W0468988

Guy RAYNAUD

Les cailloux du Racou

FSC
www.fsc.org
MIXTE
Papier issu de sources responsables
Paper from responsible sources
FSC® C105338

Edition : BoD - Books on Demand
12/14 rond-point des Champs Elysées, 75008 Paris
Imprimé par Books on Demand GmbH, Norderstedt, Allemagne
ISBN : 9782322140923
Dépôt légal : janvier 2017

Du même auteur

Meurtre à Rubeis Maceriis (avril 2014)

Roman policier - EDILIVRE

Un Cas d'école (mars 2015)

Roman policier - EDILIVRE

Coup de canif sur le Canigou (juin 2016)

Roman policier - BOOKS ON DEMAND

Livre offert par
CARO et QUENTIN
Juillet 2017

Mes plus sincères remerciements à Gilou G., Hélène R., Nathalie T., Bernard A., Joël C. et José Bo. pour leur aide précieuse, et à mes photographes Hélène R., José Ba. et Pierre S.

Prologue

Anton Petrescu arrête sa Kawasaki Z1000 rouge près de l'entrée du camping. Son informatrice ne s'est pas trompée : c'est bien l'endroit où sa fille aime se promener.

Parmi les rares voitures en stationnement, il aperçoit la Golf GTI blanche ; son coffre est ouvert. L'étudiante n'est pas seule ; un homme est affairé, proche d'une roue arrière.

Le Roumain pense qu'elle a emprunté la voiture de sa mère parce que la sienne ne démarrait pas. Il faudra qu'il réfléchisse à la punition perverse qu'il infligera à la bijoutière suite à son oubli. Il la dépravera un peu plus.

Son casque et ses gants à la main, il ajuste ses lunettes de soleil et grimpe sur le terre-plein qui domine l'anse de Porteil, au sud de la plage du Racou. Sur cette éminence naturelle, quelques petits buissons agrémentent un sol inégal et parsemé de pistes argileuses de couleur ocre.

En ce lundi 4 juillet 2011, les touristes n'ont pas encore envahi cette aire sauvage et encore vierge, bordée par la voie de chemin de fer, la mer Méditerranée et un camping.

Le soleil de cette fin de matinée rayonne dans un ciel sans nuage couleur azur ; un léger souffle marin agite sa tignasse brune.

Anton s'approche sans bruit. Il sait qu'il n'a rien à craindre de la conductrice. C'est le dépanneur qu'il veut voir.

Une automobile vient se garer à proximité ; un couple de randonneurs en descend et emprunte le sentier du littoral.

Il se souvient de sa première rencontre avec Catherine Boiteux à Argelès-sur-Mer. Joséphine lui avait ouvert la porte d'entrée de la demeure dans une tenue estivale. Le regard de la jeune fille s'était tout de suite posé sur la moto rouge, puis elle avait fixé l'homme avec bravade. Lui, c'est son minuscule maillot de bain rouge, dont la ficelle soulignait son indécence, qu'il avait surtout observé.

Quand elle avait regagné la piscine après avoir appelé sa mère, elle avait volontairement accentué son déhanchement et une poussée d'adrénaline lui avait serré la gorge.

Anton Petrescu domine maintenant le parking et il s'accroupit derrière une touffe d'herbes hautes pour se cacher.

Ses yeux s'attardent sur le jeune homme blond et hâlé. Il arbore un tee-shirt et un bermuda colorés. À ses côtés, Joséphine scrute autour d'elle et semble nerveuse. Elle lui parle à l'oreille. Il répond en souriant et s'essuie les mains à un chiffon. Elle regarde encore en direction de l'entrée du camping : il n'a peut-être pas suffisamment caché sa moto.

Le réparateur range la roue crevée et les outils dans le coffre de la Golf ; son travail semble terminé. Il saisit un grand sac à dos qui était posé à terre et le place lui aussi dans la malle.

Anton devine qu'ils vont partir et pense aux bijoux dans le coffre qu'il doit récupérer en urgence.

Le motard s'apprête à se lever pour courir vers son engin.

Crac ! Il entend un bruit derrière lui et se retourne. Un éclair brouille sa vue et il s'affale...

Chapitre I

À Argelès-sur-Mer, Alexandre Boiteux est un homme respecté. Sa bijouterie se situe dans une zone commerçante renommée.

À vingt ans, il a suivi des études spécialisées et obtenu le titre de bijoutier-joaillier. Plus tard, Jean Boiteux a légué le commerce à son fils unique. Le père s'est d'abord opposé à son mariage avec Catherine, une fille-mère à la situation modeste ; mais la belle blonde à la vénusté attrayante a tissé ses filets et le jeune orfèvre a succombé.

Le couple a vécu de merveilleuses années. Entre la boutique et l'éducation de Joséphine, les journées défilaient trop rapidement.

Catherine l'a aidé à la bijouterie ; elle a d'abord écouté et regardé, puis s'est documentée et, petit à petit, les pierres précieuses n'ont plus eu de secret pour elle. Elle donnait d'excellents conseils aux clientes afin d'accorder les nouveaux bijoux à leurs vêtements.

Ensemble, ils ont ciblé les journées à forte fréquentation et elle n'apparaissait au magasin que le vendredi et le samedi.

Mais au fil des ans, la clientèle s'est déplacée dans les grandes surfaces alentour et les méventes ont placé le commerce dans une situation financière délicate.

En janvier dernier, les comptes du bilan 2010 ont montré une inquiétante baisse du chiffre d'affaires et le bijoutier de cinquante-cinq ans s'est séparé d'une de ses deux vendeuses. Excellent commerçant, il a d'abord essayé d'augmenter ses ventes ; mais une nouvelle gamme de bijoux fantaisie et des prospectus dans les boîtes aux lettres n'ont pas eu l'effet escompté.

Au printemps, un étranger lui a demandé de transformer une parure familiale. Sur un collier apporté par l'homme, un diamant a été retiré. Puis, dans le chaton d'une bague choisie sur ses étagères, la pierre précieuse a été enchâssée.

Deux jours plus tard, le client l'a complimenté sur la qualité de sa prestation. À court d'expédient pour améliorer la situation de son commerce, il a accepté sa proposition.

À l'arrière de la boutique, penché sur sa table de travail, Alexandre Boiteux, l'œil vissé sur une loupe éclairante, manipule avec dextérité une tourmaline aux magnifiques reflets roses et mauves.

Tout à coup, il se redresse et pense à l'avenir de son commerce. Il ne peut compter sur la fille de Catherine pour prendre la relève : Joséphine semble trop immature, trop dépensière et pas assez courageuse.

À vingt-deux ans, elle souhaite encore changer d'orientation : après des études de droit avortées et une année perdue en faculté de médecine, cette blonde effrontée veut s'inscrire à des cours de kinésithérapeute.

Dès qu'il donne un avis tranché, la jeune fille se braque et il constate qu'elle se tourne vers sa mère.

Les époux Boiteux ne savent que faire ! Quel avenir a-t-elle ?

§

Au commissariat de Perpignan, Christelle Limière se remémore son affectation dans la capitale catalane.

Il y a un an, à Angoulême, sa nomination au grade de capitaine de police, suite à son succès dans l'enquête du meurtre d'un libraire[1], a accéléré sa carrière.

En janvier, elle y a retrouvé Jacques Louche. Elle reste persuadée que la qualité de ses interrogatoires dans cette précédente affaire a marqué l'esprit du lieutenant et de son supérieur.

---

1 Voir chez le même éditeur *Coup de canif sur le Canigou*

Le commissaire Roger Croussard a visionné les fameux entretiens de Pierre Portman et Fernand Marques. Il a apprécié sa façon d'aborder chacun d'eux, se montrant maligne et séductrice avec le premier, agressive et redoutable d'efficacité avec le second.

Ses qualités professionnelles l'ont convaincu, notamment la préparation de ses réunions. Mais il a aussi retenu chez cette jeune et séduisante femme, son dynamisme, sa sensibilité et son inventivité.

Plus tard, elle lui a avoué ses connaissances en morphopsychologie, ce qui l'a agréablement surpris. Elle s'était beaucoup documentée sur cette science qui révèle le caractère et le psychisme d'une personne par l'analyse de la forme de son visage et de ses récepteurs, les yeux, le nez et la bouche. Deux grandes catégories divisent les individus : les « dilatés » et les « rétractés », et elle connaissait maintenant parfaitement les caractéristiques qui les différenciaient.

Ces analyses lui permettent de cerner plus rapidement le caractère et les motivations des suspects.

De plus, elle n'a pas été insensible à cette magnifique région, à son climat bienfaisant et à l'hospitalité de ses habitants.

Son supérieur a placé sous ses ordres les lieutenants Philippe Beauregard et Jacques Louche. Autant Louche — qu'elle a d'ailleurs classé tout de suite dans la catégorie des dilatés —, policier rondouillard d'une cinquantaine d'années essayant de cacher une calvitie précoce est jovial et bon vivant, autant Beauregard, bel homme de vingt-cinq ans, faraud au teint mordoré, paraît hautain et outrecuidant.

Ce dernier n'est pourtant pas dans ce commissariat depuis longtemps, mais il tutoie tout le monde et affiche fièrement sa vie opulente.

Perdue dans ses pensées, Christelle Limière sursaute quand Jacques Louche entre dans son bureau :

— Je ne vous dérange pas, capitaine ?

— Pas du tout. Entrez, lieutenant ! Alors, ces vols de voitures ?

— C'est la cinquième plainte que nous avons enregistrée en quelques jours dans le département. Et le mode opératoire est toujours le même.

— C'est-à-dire ?

— Des annonces sur des sites spécialisés, puis la visite d'un jeune couple d'acheteurs potentiels. Ils doivent en profiter pour observer les lieux et la sécurité de l'habitation.

Ces arnaques, régulièrement pratiquées avec ce mode de vente, avaient déjà fait la « une » des journaux régionaux.

— Et le lendemain, la voiture a disparu.

— Parlez-moi des véhicules !

— Il y a de tout : des petites et des grosses cylindrées. Toutefois, j'ai remarqué qu'elles font partie des modèles les plus volés en France ; j'ai vérifié sur Internet.

Les bras ballants, le regard dans le vague et la mine triste, il paraît dépité, sans solution. La jeune femme essaie de l'aider en le remotivant :

— Dans les rapports écrits, avez-vous remarqué quelque chose d'anormal, de surprenant ?

— Ah oui ! Lors des essais, deux plaignants ont remarqué que l'homme gardait longtemps la clé de contact dans sa poche, comme s'il la manipulait en cachette.

— Vous pensez qu'il aurait pu prendre son empreinte pour la reproduire ?

— Je ne sais pas, répond-il d'une voix résignée.

— Renseignez-vous auprès de plusieurs garagistes ! Et rencontrez de nouveau les vendeurs, ils ont peut-être remarqué autre chose !

— Bien, capitaine.

— Faites-moi une copie de ces plaintes afin de les consulter !

— Vous les aurez dans cinq minutes.

Le lundi 4 juillet 2011, la capitaine passe une grande partie de la matinée à analyser ces doléances dans l'espoir de déceler un début de piste.

§

S'ennuyant un peu au camping, Nathan demande à ses parents s'il peut faire du vélo sur les chemins, au-dessus du parking.

Son père préfère accompagner le gamin de neuf ans.

L'homme monte le VTT de son fils sur le tertre. Il le regarde pédaler sur les sentiers. Le garçon, une casquette vissée sur la tête, chantonne.

Tout à coup, il tombe de vélo et appelle son père.

Chapitre II

Christelle Limière raccroche son téléphone. Puis elle se dirige vers le bureau du commissaire Croussard.

Deux minutes plus tard, elle pénètre dans celui du lieutenant Philippe Beauregard. Personne.

« Celui-là, il n'est jamais là quand on a besoin de lui ! »

Elle sort son portable : il ne répond pas. Elle laisse un message.

Jacques Louche étant occupé à ses vols de voitures, elle choisit d'emmener le brigadier-chef Rousse et deux gardiens de la paix.

Ne connaissant pas suffisamment la région, elle se laisse guider jusqu'à l'anse de Porteil, au sud de la plage du Racou. Elle se gare à proximité de la camionnette de la gendarmerie d'Argelès.

Tout en enfilant ses gants, la jeune femme grimpe sur une élévation de terrain où elle reconnaît le couple de techniciens de la scientifique vêtu d'une combinaison blanche. Ils ont déjà commencé leur travail.

Elle se présente à un major qui lui précise tout de suite que le légiste a été prévenu. Le gendarme est probablement déçu que l'enquête lui échappe, mais le juge d'instruction de Perpignan a tranché. D'un signe de tête, il indique l'emplacement du gisant, un peu plus loin, dépassant d'une crevasse naturelle.

Christelle Limière prend le temps d'observer attentivement les alentours : la voie ferrée, l'hôtel dans la verdure, le parking en contrebas, la villa cachée derrière les arbres, la mer Méditerranée et le camping.

L'homicide s'étant déroulé sur une butte, quelqu'un a bien dû apercevoir la scène !

Elle appelle le brigadier-chef Rousse et un gardien de la paix ; elle leur demande de vérifier, dans l'hôtel à flanc de colline, derrière la voie de chemin de fer, si des clients auraient aperçu quelque chose, depuis leurs terrasses.

Les deux hommes se dirigent vers le pont.

Et la maison en contrebas, en bordure de mer ! Si le lieutenant Beauregard avait été présent, elle lui aurait confié cette mission.

Elle interpelle l'autre gardien et le sollicite pour qu'il relève les immatriculations des voitures garées sur le parking.

À une dizaine de mètres, quelques curieux se sont déjà regroupés et la capitaine rappelle au major l'interdiction de prendre des photos. Celui-ci signale les présences d'un homme et d'un petit garçon un peu plus loin :

— Ce sont eux qui ont découvert le corps ! précise-t-il.

— Je les rencontrerai tout à l'heure.

Instinctivement, elle regarde sa montre : 12 heures passées de 10 minutes.

Elle s'approche et, dans la fondrière, aperçoit la victime. L'homme, face contre terre, paraît grand et large d'épaules. À ses côtés, elle remarque un casque de motard, des gants et les restes d'une paire de lunettes de soleil.

Elle s'adresse à la technicienne de la scientifique à proximité en montrant la protection solaire :

— Vous l'avez trouvée dans cet état ?

— Oui, nous n'avons rien touché.

Elle imagine que, dans un élan de vengeance, l'assassin a piétiné les lunettes.

Elle s'accroupit et constate que sa tête baigne dans une mare rouge. Elle ne pourra donc pas prendre une photo de son visage. Elle relève tout de suite la blessure à l'arrière du crâne, proche de l'occiput. Le sang sourd de la plaie.

Délicatement, des poches du blouson, elle sort une carte d'identité et un portemonnaie garni de quelques pièces et de trois billets de banque. Elle consigne tout de suite son âge, trente ans, et son nom, Anton Petrescu. Un permis de conduire et une attestation d'assurance complètent sa recherche. Son adresse à Saint-Cyprien y figure. Et rien d'autre : pas de téléphone portable et pas de trousseau de clés d'une habitation.

À son poignet, l'homme porte une montre d'une grande marque. Ses doigts fins ne ressemblent pas à ceux d'un travailleur manuel. Même vêtu d'un jean, son tee-shirt et son blouson montrent une certaine élégance et semblent être d'une bonne qualité.

Au fur et à mesure de ses remarques, la policière prend des notes sur son carnet.

Au moins, elle est sûre d'une chose : le vol n'est pas le mobile. On s'en est vraiment pris à sa personne. L'agression s'apparente à une attaque ciblée, comme une vengeance par exemple.

Elle se redresse et salue le légiste qui vient juste d'arriver :

— Je vous verrai tout à l'heure !

La capitaine marche ensuite vers l'homme et l'enfant :

— Attendez ici une minute ! dit-elle fermement en leur montrant un emplacement à l'écart.

Puis elle se dirige vers le gardien de la paix qui lui tend un papier où figurent les immatriculations des voitures du parking.

— Gardez ces informations ! Au bureau, vous ferez des recherches et vous questionnerez les propriétaires pour savoir s'ils ont aperçu quelque chose. Vous vous rapprocherez du lieutenant Beauregard.

— Bien, capitaine.

— La victime est un motard. Retrouvez sa moto et téléphonez au service technique pour son enlèvement ! ordonne-t-elle en lui tendant l'attestation d'assurance.

— Bien capitaine.

Christelle Limière ne veut rien omettre. Elle sait que beaucoup d'enquêtes n'aboutissent pas en raison de scènes de crime dégradées. Son rôle consiste aussi à vérifier que les opérations se déroulent selon les procédures en vigueur.

Dès la découverte de la victime, tout est important : les précautions prises par les différents intervenants et les premières orientations des investigations. C'est souvent là que le succès d'une enquête se dessine.

Le lieutenant Beauregard aurait pu l'aider dans cette tâche, mais il est absent.

Elle s'avance vers l'enfant qui tient toujours son vélo d'une main et s'accroupit :

— Comment t'appelles-tu ?

— Nathan.

— Quel âge as-tu ?

— Neuf ans.

— C'est toi qui as trouvé le corps ?

— Oui, murmure le môme, apparemment fier, mais un peu traumatisé tout de même.

Elle se redresse et regarde l'homme :

— Vous êtes son père ?

— Oui.

— Personne n'a touché au corps ?

— Non, personne. J'ai pu joindre ma femme sur son portable et les propriétaires du camping ont appelé la gendarmerie d'Argelès.

— Avant la découverte du corps, avez-vous vu quelqu'un aux alentours ?

— Je ne m'en souviens pas.

En bermuda et chemisette, d'allure sportive, il ne semble pas trop affecté.

— Quelle heure était-il quand vous lui avez téléphoné ?

— 11 heures 8, répond-il immédiatement. J'ai retenu l'heure car je savais que la question me serait posée.

La jeune femme note cette information importante.

— Tout à l'heure, un policier prendra votre déposition et essayez de vous souvenir d'un comportement ou d'un fait anormal !

— D'accord.

— Attendez-le plutôt là-bas ! conseille-t-elle en lui montrant un emplacement un peu plus loin.

Le gardien de la paix arrive tout essoufflé :

— J'ai fait le nécessaire pour la moto, capitaine.

— Parfait. Vous prendrez la déposition du père du gamin.

— Bien, capitaine.

— Ah oui ! Questionnez aussi toutes les personnes présentes : ont-elles aperçu quelque chose de singulier ou d'insolite ?

Sur le parking, la voiture banalisée du lieutenant Philippe Beauregard freine brusquement ; il claque sa portière et monte sur l'élévation de terrain en courant.

Christelle Limière regarde sa montre.

— Voyons cela, suggère-t-il en se dirigeant vers le corps d'un pas pressé, sans un regard pour sa supérieure.

— Lieutenant, mettez vos gants et ne touchez à rien, s'il vous plaît !

— Ils sont dans la voiture, capitaine.

— Allez les chercher ! rétorque-t-elle sur un ton ferme.

Il s'est arrêté et s'est retourné, l'air renfrogné.

— Et après, vous viendrez me voir.

Maintenant ganté, il se présente face à la jeune femme.

— Où étiez-vous, lieutenant ? Je vous ai cherché tout à l'heure.

— J'avais une affaire personnelle à régler.

— Le commissaire est au courant ?

— Non, mais j'avais prévu de le lui dire.

Elle n'en croit pas un mot.

— Mais c'est à moi que vous devez rendre des comptes ! La prochaine fois, souvenez-vous-en !

Puis elle fait un bilan rapide de ses premières constatations. Quand elle donne le nom de la victime, les yeux du lieutenant s'étonnent et ses sourcils se lèvent.

— Je vais appeler le commissaire pour procéder à une perquisition à son domicile le plus tôt possible, précise-t-elle. Autre chose. Vous apercevez cette villa là-bas, derrière les arbres ?

— Oui.

— Je vois un homme qui travaille dans le jardin. Demandez-lui s'il a vu quelque chose d'anormal ou s'il a croisé une voiture qui partait précipitamment !

L'homme s'exécute en secouant la tête.

La capitaine rejoint le technicien de la scientifique qui observe le sol à proximité :

— Dans combien de temps aurez-vous terminé ?

— Une demi-heure environ.

— Nous aurons probablement une « perqui » en début d'après-midi à son domicile, à Saint-Cyprien.

— Pas de problème.

— Je vous tiens au courant.

Elle s'isole et téléphone au commissaire. Elle lui fait part de ses premières observations. Il approuve l'idée de la perquisition et la contactera dans un moment.

Sur le parking, Christelle Limière remarque la voiture du journal *L'Indépendant* qui se gare. Elle reconnaît la journaliste qui s'avance vers elle.

Émilie Ingrat ne porte pas bien son nom. Son physique attire le regard des hommes. Grande et attirante femme aux longs cheveux noirs, trente ans environ, la chroniqueuse l'avait surprise en évoquant ses récents succès en terre charentaise, lors de leur première rencontre. Dans ce métier, les informations circulent vite.

Pas de carnet, pas de stylo, pas de magnétophone ! Juste un sourire engageant qui devait lui ouvrir bien des portes.

Sur un ton amical, la policière dévoile ses premières constatations sans entrer dans les détails : « un homme est mort, il a été découvert en fin de matinée et l'enquête commence. » Pas d'autres précisions !

Son interlocutrice lui sourit et souhaite en savoir davantage.

— Il faut laisser travailler les techniciens et le légiste, répond-elle en montrant des dents éclatantes.

— Merci pour ces premières infos, capitaine. Je pourrai vous appeler demain ?

— Bien sûr.

L'enquêtrice avait lu quelques articles de la journaliste : l'écriture était brillante et le ton approprié. Elle connaissait son métier.

Dans sa démarche, ses paroles douces et ses attitudes enjôleuses, il émanait d'Émilie Ingrat beaucoup de grâce et de séduction. Même après son départ, les volutes de son parfum matinal exhalaient d'agréables effluves.

Christelle Limière la regarde s'éloigner en souriant et décide d'attendre les premières observations du légiste. Elle pense que l'enquête de voisinage dans l'hôtel, dont les terrasses bénéficient d'une vue plongeante sur le tertre, prendra du temps.

Elle se retourne et, derrière ses lunettes de protection, admire les reflets du soleil sur la mer où voguent quelques voiliers.

« Un vrai paysage de carte postale ! » pense-t-elle.

Elle marche en direction du chemin du littoral, laissant les spécialistes de la scientifique faire leur travail et fouiller les alentours à la recherche d'indices, peut-être l'arme du crime ou quelques empreintes de chaussure.

Face à la « grande bleue », elle s'arrête, prend une profonde inspiration et ferme les yeux. Son beau visage, caressé par un agréable vent chaud, présente déjà une coloration dorée.

Elle se délecte de ce site grandiose et pense qu'elle devra remercier le commissaire Croussard de l'avoir attirée dans cette merveilleuse région. Elle contemple maintenant le bord de mer ; le souffle marin rend le paysage de la côte sableuse particulièrement clair et elle distingue nettement les immeubles de Canet-en-Roussillon.

La jeune femme ne le sait pas, mais à l'endroit où elle se trouve, environ un siècle plus tôt, le célèbre peintre Étienne Terrus d'Elne immortalisait ce panorama sur une de ses toiles, « la maison abandonnée », qu'elle apercevait en contrebas.

Des pas derrière elle.

— Alors, capitaine, on profite du paysage ?

— Oui, c'est magnifique. Vous habitez dans la région depuis longtemps, lieutenant ?

— Un an.

— Et le jardinier ?

— Il est arrivé vers midi. La voiture de la gendarmerie était déjà là.

— J'ai envoyé le brigadier-chef Rousse et un gardien procéder à une enquête de voisinage dans l'hôtel qui se situe de l'autre côté de la ligne du chemin de fer. Donc à votre retour au commissariat, supervisez leurs informations ! Questionnez aussi les propriétaires des voitures stationnant sur le parking et rapprochez-vous de la SNCF pour vérifier si un train a circulé entre 9 heures et 11 heures 8 !

L'homme sort son carnet et y inscrit ces demandes.

Tout à coup, le portable de la jeune femme émet une musique entraînante. Le juge d'instruction a validé la perquisition au domicile de la victime en présence de deux témoins, comme la loi l'exige. L'autorisation écrite suivra. Elle indique au commissaire qu'elle le rappellera.

— Nous ferons une perqui à son domicile à 14 heures 30. Je n'ai pas vu d'alliance à son doigt, mais il ne vit peut-être pas seul. Annoncer cette mauvaise nouvelle ne sera pas facile !

— Ça fait partie du métier.

— Oui, bien sûr. Si nous allions manger un peu ?

— Pas de problème.

— Je vais laisser la Laguna au brigadier-chef et nous prendrons votre voiture. Tiens, le légiste a terminé ! Allons lui parler !

Les deux policiers n'en sauront pas beaucoup plus : un coup porté avec force derrière la tête par un objet contondant. La mort a été instantanée et le corps a été poussé dans la crevasse. Il évalue l'heure de la mort en milieu de matinée. Son rapport leur sera remis demain matin.

Le gardien de la paix s'approche et confirme qu'il a enregistré la déposition du père de l'enfant et que les badauds n'ont rien observé de particulier. Elle lui remet les clés de sa voiture et lui demande d'aller rejoindre le brigadier-chef Rousse qui questionne les clients de l'hôtel.

Avant de quitter la scène de crime, elle informe le major de la gendarmerie d'Argelès et les techniciens de la scientifique de la prochaine perquisition au domicile de la victime, dont elle communique l'adresse. Ceux-ci n'ont d'ailleurs pas fait de découverte significative : aucune arme et indice notoire retrouvés. Ils précisent qu'ils ont aussi retourné les pierres à proximité afin de découvrir d'éventuelles traces de sang.

Enfin, elle joint la secrétaire du commissaire, lui demande de contacter un serrurier pour 14 heures 30 et communique l'adresse de la victime.

§

Petru Moldovan est un affairiste roumain de quarante-cinq ans qui a bien réussi. Car pour lui, réussir signifie posséder beaucoup d'argent !

En janvier 2006, poussée par l'Union Européenne, la criminalité en Roumanie a été identifiée. Au mois de mars, le gouvernement roumain a coordonné la conférence de Sinaia où la lutte contre le terrorisme, le crime organisé et la corruption ont été ciblés. Voyant leur horizon se rétrécir, beaucoup d'individus peu recommandables ont préféré quitter leur pays.

Au mois de mai de cette même année, Petru Moldovan s'est installé dans le nord de l'Espagne. Il a laissé derrière lui plus d'ennemis que d'amis.

Deux mois plus tard, il a ouvert un garage à La Jonquera. Mais il n'est pas un expert en mécanique. Alors pourquoi un garage ?

Doté d'un visage buriné et grossier, d'un nez épaté, l'homme est nerveux, voire violent. Des dossiers ont été classés sans suite au tribunal de Craiova.

En 2008, il demande à son neveu Anton Petrescu de venir le rejoindre. Le jeune homme, grand et brun, plutôt beau garçon, s'acclimate vite et Petru en fait son nervi.

En sa compagnie, il impose quelques « filles » à La Jonquera, près des parkings où des camions de toutes les nationalités stationnent. Des intimidations, des bagarres et des coups de couteau naissent de ces représailles, mais Petru est une forte tête. Anton et quelques affidés l'aident dans ces conflits.

Puis il installe son neveu en France pour lui servir de relais dans ses entreprises illicites.

Á son garage, le lundi 4 juillet 2011, vers 13 heures 15, son portable sonne et son indicateur français lui apprend le drame.

Anton sera vengé !

§

Devant des sandwichs, Christelle Limière et Philippe Beauregard ne parlent plus. La policière n'a pas apprécié ses avances grossières et sans retenues : le lieutenant n'a pas cessé de la courtiser ouvertement.

Il l'a d'abord flattée sur son physique, puis sur ses compétences professionnelles. Mais ses propos sont plutôt maladroits et ses flagorneries gauches. L'homme, imbu de sa personne, compte sur ses sourires et ses paroles suaves et mielleuses pour séduire la jeune femme. De temps en temps, il glisse une allusion sur son somptueux niveau de vie, ses deux appartements en location à Canet-en-Roussillon et sa Porsche Cayenne.

À son arrivée dans le service, la capitaine avait remarqué ses privautés. Dès le premier contact, il tutoyait ses relations professionnelles. Elle l'avait tout de suite classé parmi les dilatés.

Depuis qu'elle avait découvert le *Manuel de morphopsychologie* de Louis Corman, elle s'appuyait sur ses connaissances pour perfectionner ses interrogatoires, mais aussi pour analyser le comportement des personnes de son entourage.

Bien sûr, Philippe Beauregard est un bel homme. Son visage au cadre large et aux récepteurs ouverts montre une grande confiance et beaucoup d'assurance.

L'enquêtrice a précisé qu'il perdait son temps et l'a rabroué. Elle a signifié qu'entre eux, seules des relations de travail devaient exister. Le lieutenant s'est figé devant sa rebuffade et ses paroles désobligeantes : il n'a pas aimé sa réaction.

Il s'armera de patience.

§

Dans la Golf GTI blanche, Joséphine Boiteux et Thomas roulent vers Pyrénées 2000. Sur leur trajet, ils s'arrêtent à un fast-food. Pour faire plus ample connaissance, ils bavardent ; elle lui parle de ses quelques années d'étude chaotiques, de ses « envies d'ailleurs » et de ses conflits générationnels avec ses parents. Elle lui adresse souvent des sourires complaisants.

Thomas, charmant jeune homme au teint cuivré, s'exprime peu. Il lance des généralités et la questionne sur le métier de son beau-père. Dès leurs premiers regards échangés, il a compris qu'il plaisait à la jeune fille. Autant Joséphine est expansive et loquace, autant le garçon paraît réservé et réfléchi.

Elle l'a remercié de son aide pour le changement de la roue crevée. À Argelès, ils ont fait un détour chez son garagiste et elle reprendra son pneu le lendemain.

En vacances, il a accepté son invitation.

En arrivant au chalet, elle prévient sa mère qu'elle rentrera demain matin. Au téléphone, Joséphine devine sa correspondante inquiète et embarrassée. L'étudiante met cela sur le compte de leur dispute de la veille au sujet d'une nouvelle orientation de ses études, en septembre prochain.

Elle propose à Thomas de prendre ses aises.

Dans la chambre parentale, la jeune fille se déshabille et se dirige vers la salle de bains. Elle termine sa toilette quand il pénètre nu dans la douche italienne. Elle ne l'a pas entendu entrer. Elle lui sourit et lui ouvre les bras : c'est ce qu'elle attendait.

Plus tard, il la transportera sur le lit et, insouciants, ils goûteront avec appétence ces tendres moments de plaisir.

§

En début d'après-midi, le couple de policiers de Perpignan arrive devant l'appartement d'Anton Petrescu, près du port de plaisance. Un serrurier et un adjudant-chef de la gendarmerie de Saint-Cyprien les attendent. Celui-ci a dû être prévenu par son collègue d'Argelès.

Il signale que le logement est inoccupé.

Pendant que l'artisan s'active, la jeune femme frappe à la porte de l'appartement voisin où un couple d'un certain âge la reçoit. Ils ne font aucune difficulté pour servir de témoins, même si la surprise se lit sur leur visage. Ils ne posent aucune question.

Deux minutes plus tard, la porte d'entrée s'ouvre et tous pénètrent dans l'habitation de la victime.

Tout à coup, le groupe s'arrête devant le capharnaüm qui s'offre à eux. Toutes les pièces montrent un désordre indescriptible : les tiroirs de la cuisine, ceux du bahut de la salle à manger, de l'armoire de la chambre sont ouverts et le sol est jonché de vêtements, de coussins éventrés et d'objets divers.

— Stop, n'entrez pas ! ordonne la capitaine.

— Qu'est-ce que c'est que ça ?

— Voilà pourquoi nous n'avons pas trouvé ses clés sur lui ! Son logement a été fouillé.

Le serrurier quitte le groupe.

Les témoins, interdits, restent dans l'entrée. Derrière eux, le couple de la police scientifique arrive et écarquille les yeux. La technicienne sort son appareil et prend quelques photos. Puis tout le monde s'équipe : les uns avec leurs habits blancs immaculés, les autres avec leur paire de gants bleus.

Seuls les techniciens pénètrent dans l'appartement sens dessus dessous afin de chercher d'éventuels indices. Ils procèdent à plusieurs relevés d'empreintes digitales sur des éléments au sol.

Pendant ce temps, la capitaine observe attentivement les pièces depuis l'entrée. Aucun tableau n'est accroché aux murs de la cuisine et de la salle à manger ! Aucune plante verte ou pot de fleurs ne vient égayer le logement ! Sur le réfrigérateur, pas de post-it ou de pense-bête ! Aucun signe d'intimité, de chaleur ! Comme si ce logement n'était qu'un lieu de passage, et non de vie.

Elle en est sûre : une femme n'a jamais vécu ici.

Le mobilier et les ustensiles ménagers semblent d'une qualité médiocre. Elle n'aperçoit pas de téléphone fixe.

Les locataires des appartements voisins stationnent devant la porte d'entrée ; le lieutenant et l'adjudant-chef les dispersent.

« Enfin, il prend des initiatives ! » pense-t-elle.

Quinze minutes plus tard, les policiers et le couple de témoins sont autorisés à pénétrer dans les pièces. L'adjudant-chef reste à la porte d'entrée.

— Qu'avez-vous trouvé ? demande Christelle Limière.

— L'ordinateur, que vous voyez là ! répond le technicien. Regardez à la tête du lit, capitaine !

Deux sangles sont accrochées au châlit.

— Tiens, ça ressemble à des accessoires masochistes. Pas de téléphone portable ?

— Non.

Une demi-heure plus tard, ils placeront dans un carton des documents écrits en langue roumaine, des relevés bancaires et téléphoniques. Ils emporteront également un ordinateur portable.

Leur travail terminé, les deux techniciens précisent que le rapport sera à leur disposition demain après-midi et ils quittent les lieux.

L'enquêtrice décide de questionner les témoins.

Résidant depuis plus de dix ans dans cet immeuble, le couple de retraités connaît pratiquement tous les locataires, sauf les saisonniers bien sûr.

— Le grand jeune homme brun était très poli et gentil, mais assez solitaire, remarque la femme.

— Recevait-il des amis ?

— Des visites à son appartement ? Oui, une femme blonde d'une quarantaine d'années passait le voir quelquefois.

— La connaissez-vous ?

— Personnellement, non. Mais nos amis nous ont dit que c'est la femme d'un bijoutier d'Argelès.

— Vous connaissez son nom ?

— Je crois qu'ils l'ont appelée Boiteau, ou quelque chose comme ça !

Un sourire éclaire le visage de la policière.

— Merci beaucoup. Autre chose ! Les locataires bénéficient-ils d'une cave ?

— Oui.

— Pouvez-vous me rendre un petit service ?

— Bien sûr, répond l'homme.

— Pourriez-vous demander au gardien de venir nous rejoindre avec la clé de sa cave ?

— Oui. Je reviens dans cinq minutes.

Le représentant de la gendarmerie de Saint-Cyprien met les scellés sur la porte du logement d'Anton Petrescu. Pendant ce temps, Christelle Limière sort son téléphone et s'isole pour informer son supérieur.

Puis le témoin et la gardienne de l'immeuble arrivent :

— C'est le numéro 16 ! précise celle-ci.

— Ça vous ennuierait de nous y conduire ?

— Non.

Plus tard, ils constateront que la cave est entièrement vide.

§

Au bord de sa piscine, en milieu d'après-midi, Catherine Boiteux, uniquement vêtue d'un string et d'une casquette, peaufine son bronzage. Son corps cuivré d'une beauté sculpturale doit faire l'objet de beaucoup d'attention.

Les yeux mi-clos derrière ses lunettes noires, elle repense aux rebondissements de la matinée.

Vers 9 heures, Anton la reçoit à son appartement, mais elle reste dans l'entrée, ce qui n'est pas son habitude. Il montre une mine fatiguée et semble pressé. Il lui remet le sac noir.

Une heure plus tard, elle l'appelle sur son portable et lui indique l'endroit où sa fille aime flâner : l'anse de Porteil, au sud du Racou. Il faut qu'il récupère les bijoux dans le coffre de la Golf.

L'évocation du nom du Roumain lui procure des frissons et des picotements au creux des reins. Elle se souvient de leur première rencontre, début mai dernier. Il était arrivé à moto. Joséphine avait signalé sa présence. L'homme apportait le premier sac de bijoux.

Fascinée, la bijoutière fixait ses grands yeux limpides. Grand et fort, il plongeait son regard dans le sien. Elle y avait lu de la provocation et du désir.

Trois jours plus tard, Alexandre lui demanda de rendre le sac.

Au bout du fil, Anton Petrescu avait prétexté l'impossibilité de se déplacer et il avait communiqué son adresse à Saint-Cyprien.

Catherine comprit qu'elle devrait affronter seule cet homme et elle s'angoissa. Comment refuser ? Défier ce regard perçant et inquisiteur la paralysait.

En début d'après-midi, le propriétaire, en débardeur et bermuda, la fit entrer et referma la porte.

Dans cet espace réduit et suffocant, ils se jaugeaient en silence, leur visage à quelques centimètres l'un de l'autre.

La bijoutière remarqua ses yeux brillants et arrogants plantés dans les siens, telles deux petites calcédoines dans leur écrin. Ses bras musclés et bronzés la captivaient. Échanger des paroles aurait été vain.

Un frisson parcourut son dos quand elle lui tendit le sac. L'homme avança la main gauche et la retira aussitôt.

Elle le fixa et le questionna du regard. Que signifiait ce simulacre ? Pourquoi ne prenait-il pas les bijoux ? Que voulait-il ?

Quelques secondes s'écoulèrent. Puis elle sentit sa main gauche se positionner sur ses reins et il l'attira à lui. Serrée contre le corps de l'homme, son visage tout près du sien, elle ne pouvait plus bouger. Son cœur cognait dans sa poitrine et un nuage de roses se posa sur ses joues.

Crier ou appeler de l'aide semblait superflu. Receleuse, elle était à sa merci ; l'inconfort de cette situation la pétrifiait.

Elle n'avait pas remarqué le stylet dans sa main droite. Un seul geste suffit pour couper une bretelle de sa robe, puis la seconde tomba sur son bras. La bouche ouverte de stupeur, elle paraissait tétanisée.

Un rictus de satisfaction déforma les lèvres du jeune homme. Son regard descendit vers le décolleté. Avec dextérité, de la pointe de son arme, il fit tomber le haut de la robe et libéra des seins brunis par le soleil.

Les yeux de Catherine s'agrandirent et elle s'apprêtait à crier.

Il la pressa contre lui et écrasa ses lèvres sur les siennes. La résistance qu'elle opposa lui parut oiseuse.

Après quelques secondes, la bijoutière, le sac encore accroché à son poignet, plaça ses deux mains derrière le cou d'Anton pour lui rendre son baiser. Elle ne le savait pas encore, mais elle devenait son objet.

Les joyaux furent posés sur une chaise et la robe vola à travers la pièce. Comme un fétu de paille, il la déposa sur le lit.

Dix années qu'inconsciemment elle attendait ce moment. Suite à des ennuis de santé, Alexandre la chérissait maintenant d'un amour platonique.

Bien plus tard, il attendit deux minutes afin qu'elle retrouve une respiration plus lente. Après quelques tendres baisers, ils recommencèrent leurs joutes amoureuses, leur corps ruisselant de sueur.

Aux alentours de 16 heures, Catherine Boiteux, exténuée et les yeux encore remplis d'étoiles, rentra à sa villa d'Argelès. Dans le miroir de l'entrée, elle constata son visage défraîchi et méconnaissable. Une douche et beaucoup de maquillage lui redonnèrent une allure plus présentable.

Allongée dans son transat, après s'être remémorée ces agréables moments, elle sourit et ferme les yeux.

Tout à coup, la sonnette stridulante de la porte d'entrée la ramène à la réalité.

Vêtue d'un peignoir, elle ouvre à ce jeune couple qui se présente et montre leur carte. Elle décline son identité. Elle les fait entrer sur la terrasse qui domine la piscine :

— Que se passe-t-il ?

— Si vous n'y voyez pas d'inconvénient, nous allons enregistrer cette conversation !

— Oui.

La propriétaire avait répondu, mais la phrase du capitaine Limière n'était pas une question. Celle-ci sort aussi son carnet et son crayon, très utiles pour noter les impressions et les attitudes.

La nouvelle venue indique la date, l'heure, le lieu et le nom des personnes présentes. Ce préliminaire inattendu intrigue l'hôtesse.

— Connaissez-vous Anton Petrescu ? demande la policière.

— Pourquoi cette question ?

— Madame Boiteux, c'est nous qui posons les questions ! Et je pense qu'il est préférable pour vous que l'on vous entende ici, plutôt qu'au commissariat en présence de votre mari.

La bijoutière baisse la tête devant l'insinuation et réfléchit quelques secondes. Le petit magnétophone continue de tourner.

— Nous sommes amis.

— Vous voulez dire « amants » ?

— Oui, murmure-t-elle.

— Depuis quand ?

— Environ deux mois.

— Vous vous voyez souvent ?

— Une à deux fois par semaine.

Le lieutenant Beauregard écoute et prend des notes. Il dévisage la maîtresse de la victime et remarque quelques ridules sur son visage coloré, son nez aquilin et la blondeur de ses longs cheveux. Elle est encore très séduisante.

Son peignoir s'est ouvert et dévoile la naissance d'un sein.

— J'ai une mauvaise nouvelle à vous apprendre, madame. Ce matin, il a été retrouvé mort sur un terrain vague, au sud du Racou.

— Oh non ! Ce n'est pas possible !

Elle plaque ses mains devant son visage et pleure silencieusement durant quelques instants. Son vêtement s'ouvre davantage. Elle relève la tête et se frotte les yeux.

Puis elle répond aux questions de la policière et indique le lieu habituel de leur rencontre, les méconnaissances de sa profession et de sa vie passée. Elle ne pouvait pas en dire davantage.

Mais le fait de repenser à cette relation purement charnelle lui arrache quelques larmes. Elle met à nouveau la tête entre ses mains et sanglote.

Christelle Limière a le temps d'observer des traces rougeâtres sur ses poignets et comprend qu'elle regrettait son amant, un peu comme ces femmes captives qui vénèrent leur tortionnaire.

Rôle un peu ambigu d'une personne aimante et en même temps suppliciée ! Où l'amour va se nicher ?

Quand elle montre ses traits défaits, ses yeux sont embrumés et ses mains tremblent.

— Comment communiquiez-vous ?

— Par téléphone.

— Nous allons emporter votre portable. Par mail ?

— Non, jamais. Je peux compter sur votre discrétion ? questionne la femme adultère en lui tendant son téléphone.

— Bien sûr. Parlez-nous de vous ! Vous travaillez ? Vous avez des enfants ?

— J'aide quelquefois mon mari à son commerce et j'ai une fille, Joséphine.

La policière sort son téléphone et prend une photo de son visage.

— C'est pour notre dossier. Quel âge ?

En fait, la photo lui servira à étudier sa personnalité en s'aidant de ses connaissances en morphopsychologie.

— Vingt-deux ans.

— Elle n'est pas là ?

— Elle rentrera demain matin. Elle est partie à notre chalet de Pyrénées 2000.

— Et votre mari ?

— Alexandre est bijoutier-joaillier à Argelès.

— Merci d'avoir répondu à nos questions. Quittez-vous la région dans les prochains jours ?

— Non.

— Nous serons probablement amenés à nous revoir, madame Boiteux.

Dans la voiture qui les ramène à Perpignan, Christelle Limière sonde son chauffeur :

— Comment l'avez-vous trouvée, lieutenant ?

— Elle n'a pas été très bavarde !

— Oui, en effet. Elle ne nous a pas tout dit. Elle en sait beaucoup plus sur son amant. L'analyse de ses communications téléphoniques nous en apprendra davantage.

— Oui.

— En arrivant, demandez au juge d'instruction son accord pour bénéficier des relevés téléphoniques de la victime et aussi ceux de la bijoutière, sur les quatre derniers mois ! Jetez aussi un œil sur les relevés bancaires d'Anton Petrescu !

Devant le bâtiment, la capitaine emporte quelques documents personnels de la victime et le téléphone de la bijoutière. Philippe Beauregard se charge aussi de l'ordinateur du Roumain.

Il est environ 18 heures 30 quand la jeune femme s'installe derrière sa table de travail. Elle commence par lister les contacts du portable de Catherine Boiteux et écoute les derniers messages reçus.

Elle les entend une deuxième fois et prend des notes. Il est question de sac de toile. Elle comprend aussi qu'elle était une maîtresse totalement asservie à son amant. Elle pense aux sangles à la tête du lit et aux traces rougeâtres à ses poignets.

Elle place le téléphone de la bijoutière dans le tiroir de son bureau pour le confier demain matin au service technique, car à cette heure-là, le personnel a quitté le commissariat. Puis elle se lance dans l'étude des papiers d'Anton Petrescu.

§

À peu près à la même heure, Alexandre Boiteux quitte son arrière-boutique. Tout en travaillant, il a écouté la retransmission de l'étape du Tour de France à la radio.

Il s'apprête à entrer dans sa voiture garée sur le parking, derrière la bijouterie.

Dès qu'il actionne l'ouverture des portes de son coupé BMW, un homme qu'il n'avait pas remarqué s'engouffre à la place du passager.

Il reconnaît Petru Moldovan qui appuie instantanément sur la touche de la fermeture centralisée des portières, une fois le conducteur installé.

— Tu es au courant pour Anton ? demande directement celui-ci en préambule, sans autre formule de civilités.

— Oui, ma femme m'a téléphoné tout à l'heure.

— Il a donc été retrouvé mort au sud du Racou. Un coup derrière la tête.

— Vous pensez que cela a un rapport avec nos affaires ?

— Oui, j'en suis sûr. Ce matin, il a été contacté par ta femme et il était sur les traces du sac de bijoux, oublié dans la voiture par ta femme.

— Oui, je sais.

Ce n'est pas le comportement de Catherine qui inquiétait le bijoutier, c'était celui de sa fille.

— Ta femme est très négligente !

— Mais...

— Écoute-moi bien ! lance le Roumain en élevant la voix. Ce meurtre ne restera pas impuni. Anton Petrescu était mon neveu.

Dans mon pays, c'est œil pour œil et dent pour dent. Arrange-toi pour en savoir davantage ! Tu as une fille, je crois. Si tu n'obtiens pas des informations rapidement, c'est elle qui paiera. Alors démerde-toi pour connaître le meurtrier !

Le front du bijoutier se garnit de gouttelettes et ses mains se mettent à trembler. La bouche ouverte, le commerçant sent la peur le gagner.

— Mais...

— Tu as dû te rendre compte qu'Anton fricotait avec ta femme. C'est peut-être toi qui l'as tué pour te venger ?

— Je me doutais pour Catherine et Anton, mais ce n'est pas...

— Tu as intérêt à retrouver le sac de bijoux, sinon ta fille...

Et Petru fait un geste explicite en passant son doigt sur sa gorge.

— Je te contacte demain soir, conclut l'homme en appuyant sur un bouton et en sortant du véhicule.

Alexandre Boiteux reste plusieurs minutes dans sa voiture, les yeux dans le vague, à essuyer son front et réfléchir.

Il sait qu'il a emprunté une voie dangereuse. Lui, l'orfèvre, il n'est pas taillé pour ces joutes violentes !

Début mai, les négociations avec Petru Moldovan ont été longues et difficiles ; il a mis en valeur sa proximité avec l'Espagne, son court délai d'exécution et la qualité de son travail, que l'étranger avait d'ailleurs testée.

Il a d'abord refusé la commission proposée, comme dans toute négociation ; puis, ils ont trouvé un montant acceptable pour les deux parties.

Il avait ainsi pu supprimer le versement de son salaire, ce qui améliorerait le prochain bilan de son commerce.

Le bijoutier a confié le transport des sacs à sa femme, par prudence. Ce n'était peut-être pas une bonne idée : elle a entretenu une liaison avec Anton et elle a égaré les bijoux. Le mari trompé a deviné cet adultère, mais il a préféré se taire. Pour lui, cet écart était rémissible.

En 2001, les rapports intimes du couple Boiteux se sont arrêtés suite aux ennuis de santé d'Alexandre. Récemment, il s'est aperçu pourtant que sa constitution s'améliorait.

Cette relation adultérine n'a jamais altéré leur connivence et leur entente. Ils s'aiment toujours.

À sa façon de la regarder, Catherine a compris que son mari avait deviné ses fréquentations extraconjugales. Un soir, Alexandre a demandé si ça s'était bien passé ; elle lui a adressé un sourire complice et s'est réfugiée dans ses bras, comme pour le remercier de sa mansuétude. Il ne s'agissait pas de désamour, mais d'une tolérance que la maladie temporaire de son mari lui avait accordée.

Aujourd'hui, le sac noir que sa femme devait lui remettre avait disparu et les évènements devenaient incontrôlables.

En se dirigeant vers l'Espagne, Petru Moldovan décide de surveiller les allées et venues de toute la famille Boiteux et de s'informer de l'avancée de l'enquête auprès de son contact privilégié en France.

§

Pendant ce temps, à son bureau, la capitaine Limière étudie les papiers personnels d'Anton Petrescu et ne découvre aucune trace d'un employeur, ce qui ne manque pas de la surprendre. De quoi vivait cet homme ? Qui approvisionnait son compte en banque ?

Elle en saura davantage quand le lieutenant aura analysé ses relevés bancaires.

Et les documents écrits en langue roumaine ! Ils devaient être traduits. Elle en parlera demain au commissaire.

Elle sort son carnet et essaie de récapituler ses premières impressions sur la victime. Elle a été surprise du manque de chaleur de son appartement. Là, tout était neutre, sans âme.

Nous traînons tous, dans un tiroir ou sur un meuble, des souvenirs de jeunesse, des photos, des lettres d'amis, des babioles qui nous rappellent notre enfance, nos parents et nos connaissances. Là, rien !

Anton Petrescu n'avait pas de passé. Elle devine un homme sans sensibilité, dénué d'humanité. Il ne manquait de rien, sauf peut-être de sentiment.

« Un mort sans vie affective ! » pense-t-elle.

Elle est tirée de ses réflexions par la sonnerie de son téléphone fixe.

— Capitaine Limière à l'appareil !

— Bonsoir. Je m'appelle Bertrand Grange et j'écris des romans policiers. J'aimerais bénéficier de quelques conseils !

— Écoutez, monsieur Grange, je travaille sur une affaire délicate et je n'ai pas le temps. Au revoir.

Et la jeune femme raccroche.

Puis elle se replonge dans ses dossiers.

Une demi-heure plus tard, harassée par cette longue journée, elle rassemble quelques documents, les range dans sa sacoche et sort du bâtiment.

Au volant de sa Laguna, elle quitte le parking quand un homme de grande taille et d'allure empesée lui barre le passage, l'obligeant à freiner.

Elle baisse sa vitre :

— Que voulez-vous ?

— Bertrand Grange. Je peux vous parler ?

— Je suis pressée.

— La mort de l'homme vous préoccupe, mais je souhaite vraiment vous rencontrer.

La capitaine est surprise : « Comment connaît-il déjà cette affaire ? »

— D'où tenez-vous ces informations ?

— Un écrivain doit se tenir au courant des homicides dans sa région.

— Que voulez-vous savoir ?

— Pour mes romans et afin de coller à la réalité, j'aimerais comprendre comment vous menez vos enquêtes, l'enchaînement de vos investigations, vos interrogatoires !

— Venez demain à 9 heures !

Brun, la trentaine épanouie, l'homme la laisse démarrer.

« Encore une énigme à éclaircir ! » pense-t-elle.

Chapitre III

Hier soir, Christelle Limière a longuement parlé au téléphone avec son amie Laura[2]. Elle n'a pas osé l'inviter quelques jours cet été en Languedoc-Roussillon. On sait quand une enquête commence, on ne sait jamais quand elle se termine !

En raison de l'éloignement, leur amitié s'est étiolée et les appels téléphoniques sont de plus en plus rares.

Le lendemain de l'homicide, au commissariat à 7 heures 30, la capitaine ouvre le tiroir de son bureau afin d'emporter le téléphone de Catherine Boiteux au service technique.

« Oh ! » lance-t-elle. Il a disparu. Elle s'immobilise, pétrifiée. Elle ne comprend pas.

Elle fouille les moindres recoins de sa table de travail et soulève des dossiers. Sa recherche reste vaine. La policière est pourtant certaine de l'avoir laissé dans le tiroir de droite.

Un vol d'une pièce à conviction dans son bureau ! Ça ne lui était jamais arrivé.

Heureusement, elle avait emporté chez elle son classeur, où figurent les documents à traduire et, dans une grande enveloppe, quelques papiers personnels du Roumain pour les regarder avant de s'endormir. Elle connaît les règles internes du service : aucune pièce d'une enquête en cours ne doit sortir des bureaux sans l'autorisation du commissaire. Son impatience pour faire progresser rapidement l'enquête avait pris le dessus.

Hier, en fin d'après-midi, elle n'avait pas pu s'entretenir avec son supérieur. Ce matin, celui-ci la reçoit à son bureau.

---

2 Voir chez le même éditeur *Coup de canif sur le Canigou*

Lui non plus ne s'explique pas le vol du portable de la bijoutière. Christelle Limière montre ses annotations prises lors de l'écoute des derniers messages reçus.

— Vous me ferez un rapport ?

— Bien sûr, commissaire. Et je joindrai une photocopie de mes notes. J'ai donné au lieutenant Beauregard les relevés bancaires et téléphoniques pour qu'il s'en occupe et il nous tiendra informer pour l'ordinateur. Que fait-on pour les documents écrits en langue roumaine ?

— Donnez-les-moi ! Je vais les confier à ma secrétaire qui se chargera de trouver un interprète. Tenez-moi au courant de vos investigations et prévoyez une réunion à 14 heures avec Beauregard et Louche !

La capitaine se dirige vers le bureau du jeune lieutenant.

Il vient juste d'arriver et montre l'article d'Émilie Ingrat sur l'homicide du Roumain. Des informations qu'elle n'avait pas divulguées y sont mentionnées et elle pense que la journaliste doit avoir d'autres sources d'information proche de l'enquête. Il faudra qu'elle provoque une rencontre pour en savoir davantage.

Elle informe le lieutenant de la disparition du portable de Catherine Boiteux : il s'en étonne. Elle communique l'horaire de la prochaine réunion et lui demande de prévenir Jacques Louche.

À son bureau, la jeune femme téléphone à la bijoutière pour l'avertir du vol de son portable. La policière est contrariée. Perdre une pièce à conviction ne fait pas bon effet. Elle a l'air sincère car la commerçante n'insiste pas, ou peut-être est-elle encore bouleversée suite à la disparition brutale de son amant !

L'enquêtrice raccroche et commence son rapport.

§

Bertrand Grange arrive à l'heure.

Immédiatement, Christelle Limière le conduit dans une salle d'interrogatoire. Elle remarque tout de suite son attitude hiératique et l'installe face à la caméra. Il est étonné.

— C'est bien ce que vous vouliez ? Savoir comment se passe un interrogatoire !

— Euh... Oui.

Puis, conformément aux procédures, elle présente la séance et nomme l'affaire : « l'homicide d'Anton Petrescu ».

Souriant, le romancier sort un carnet, se saisit de son stylo et croise les jambes.

La capitaine observe son vis-à-vis : visage au modelé en lignes droites et anguleuses, lèvres pincées et récepteurs peu ouverts ; elle le classe d'emblée dans la catégorie des rétractés. Elle fait une photographie de son visage avec son portable et note qu'il est gaucher.

— Donc, monsieur Grange, vous me disiez hier soir qu'un homme était mort récemment. Comment avez-vous appris ce drame ?

— J'ai mes sources d'information que je ne peux divulguer ! répond-il plaisamment.

Elle connaît les principales caractéristiques des rétractés : expansion difficile et manque de spontanéité. Ils se complaisent dans la solitude et n'extériorisent pas facilement leurs sentiments. Elle comprend qu'elle devra le brusquer pour qu'il se livre.

Elle prend le temps d'écrire quelques mots sur son carnet et sourit.

— Monsieur Grange, puisque vous voulez tout savoir, je vais vous lire ce que je viens d'écrire : « Bertrand Grange a eu connaissance de la mort d'Anton Petrescu bien avant que les médias n'en parlent et il exerce une entrave à l'enquête en ne répondant pas aux questions. Il peut être l'assassin. Il est notre principal suspect. »

— Mais...

— J'attends une réponse à ma question, insiste-elle en le fixant droit dans les yeux.

L'écrivain montre un rictus nerveux.

— Je ne suis pas venu ici pour parler de moi et…

— Je mène une enquête et j'ai toute latitude pour trouver le meurtrier. Soit vous répondez à mes questions, soit je vous place tout de suite en garde à vue, menace l'enquêtrice en se penchant en avant afin de montrer sa détermination.

Bertrand Grange comprend que la policière est déterminée : il doit dire la vérité.

— Je connais Catherine Boiteux.

— C'est-à-dire ?

— C'est une amie et nous bavardons au téléphone.

La jeune femme imagine qu'elle l'a appelé hier, après leur entretien sur la terrasse de sa maison.

— Quelle est la teneur de vos relations ?

— …

— Vous êtes son ami ou son amant ?

— C'est une amie, je suis son confident.

— Donc vous connaissiez Anton Petrescu ?

— Je sais qu'elle le fréquentait.

— Parlez-moi de leur relation !

L'homme fixe l'enquêtrice et hésite. Mais se souvenant de ses menaces, il continue :

— Au début, elle me disait que c'était un garçon gentil et attentionné. Mais petit à petit, il montrait une autre facette de sa personnalité : plus perverse et plus vicieuse.

— C'est-à-dire ?

Elle continue à prendre des notes et pense aux lanières en cuir accrochées aux montants du lit.

De son côté, le romancier avait pris contact avec la capitaine pour mieux comprendre les arcanes d'une enquête policière ; il se trouvait maintenant plus impliqué qu'il ne l'avait imaginé.

Il ne se sert plus de son stylo. Il patiente un peu et choisit de tergiverser :

— Vous aimez les récits croustillants, capitaine ! lance-t-il en essayant de détendre leurs rapports.

— Une enquêtrice doit apprendre la vérité, même si elle est croustillante, comme vous dites !

Elle le fixe et attend.

— Il l'a forcée à pratiquer des perversions qu'elle n'avait jamais faites auparavant. Elle avait l'impression que, petit à petit, il la dépravait. À la fin, elle en avait peur.

— Peur comment ?

— Peur à vouloir arrêter leur relation.

Une idée traverse l'esprit de la jeune femme.

— Que faisiez-vous lundi matin ?

— Je... Vous ne pensez tout de même pas que j'ai pu tuer Anton Petrescu ?

— Où étiez-vous lundi matin ? répète-t-elle en haussant le ton.

— J'ai travaillé mon dernier roman chez moi.

— Quelqu'un pour confirmer ?

— Non, puisque je vis seul.

— Pas de visite ou d'appel téléphonique ?

— Heu... Non.

Christelle Limière réfléchit un moment en fixant l'homme. Tout à coup, elle tire une paire de menottes de sa poche et les pose sur la table.

— Je vous les passe tout de suite ou j'attends encore un peu ?

Bertrand Grange ne sourit plus et ses yeux s'agrandissent.

— Je ne comprends pas !

— Pour votre information, vous êtes un suspect qui a une bonne raison d'avoir éliminé Anton Petrescu : vous vouliez aider votre amie, sur sa demande peut-être. De plus, vous n'avez pas d'alibi au moment du meurtre, ou quelqu'un pour confirmer vos dires, ce qui revient au même.

— Vous ne me croyez pas ?

— Dans la police, nous savons que tout le monde peut mentir. À ce stade de l'enquête, nos procédures m'obligent à vous inculper d'assassinat et vous placer en garde à vue.

Volontairement, la capitaine avait sorti le grand jeu pour impressionner le romancier.

— Quoi !

— Je vais en discuter avec le commissaire.

La jeune femme remet les menottes dans sa poche et se lève. Sur le pas de la porte, elle demande à un gardien de la paix de s'installer dans la pièce pour le surveiller.

Ces dernières paroles avaient jeté un froid dans l'esprit du suspect, et elles résonnaient dans sa tête. Malgré la présence du vigile, il place ses mains devant ses yeux, se penche sur la table et sanglote. La sentinelle met une main devant sa bouche pour masquer un sourire.

Dans la pièce voisine, derrière la glace sans tain, Christelle Limière possède sa réponse : Bertrand Grange n'a pas le profil d'un tueur.

Elle patiente quelques secondes pour crédibiliser son entretien avec son supérieur et pénètre dans la pièce :

— Alors ? s'inquiète-t-il, les yeux humides.

— Continuons l'interrogatoire ! Connaissez-vous sa fille ?

L'homme interprète cette question comme un sursis.

— Je ne l'ai rencontrée qu'une seule fois. Catherine me disait que Joséphine n'aimait pas beaucoup son beau-père et qu'elle avait beaucoup de mal à la gérer.

— Vous savez qui est son père ?

— Non, Cathy ne me l'a jamais dit.

— Et Alexandre ?

Christelle Limière veut en savoir davantage sur la famille Boiteux et le mari trompé peut avoir agi par vengeance.

— Un commerçant honnête et travailleur. Jean Boiteux tenait déjà la bijouterie il y a de nombreuses années. Pour se marier avec Catherine, Alexandre a tenu tête à ses parents qui refusaient cette mésalliance avec « cette fille-mère qui en voulait à son argent », disaient-ils.

— Et lui, comment perçoit-il Joséphine ?

— Il l'aime beaucoup, cède à la plupart de ses caprices, mais il n'est pas payé en retour.

— Vous allez me confier votre téléphone.

— Voici.

La policière pense qu'elle n'apprendra rien de plus. Elle lève la main pour arrêter l'enregistrement et se lève.

— Vous pouvez rentrer chez vous, mais avertissez-nous si vous devez quitter la région !

Un grand sourire éclaire le visage de l'écrivain. Il ramasse son cahier et son crayon, tout heureux de quitter cet endroit.

§

En milieu de matinée, Joséphine Boiteux dépose Thomas à la gare de Perpignan : le jeune homme a souhaité rentrer à Toulouse en train.

Un petit baiser rapidement échangé et il s'enfuit déjà, traînant derrière lui son gros sac à dos. La jeune fille pense qu'elle sait vraiment peu de chose sur son dépanneur ; même pas son numéro de portable et les études qu'il suit à Toulouse.

Juste son prénom, qu'il est tendre et embrasse bien. Ils ont pris du bon temps.

§

Christelle Limière revient s'installer à son bureau. Elle sourit ; Bertrand Grange a dû avoir la peur de sa vie. Au moins, il sait comment ça se passe !

Elle confie tout de suite son portable au service technique et s'inquiète du délai de l'analyse de l'ordinateur d'Anton Petrescu. Une femme lui précise qu'elle recevra le rapport en début d'après-midi.

Elle regarde sa montre : 10 heures 5.

Pendant son absence, elle s'aperçoit que la secrétaire a déposé l'expertise du légiste sur une pile de dossiers. Elle sollicite la présence du lieutenant Beauregard et lui demande d'apporter les résultats de ses recherches.

La capitaine ouvre le document et se porte directement à la conclusion. La mort est survenue entre 9 et 12 heures, le lundi 4 juillet. « Un coup a été asséné avec force sur l'occiput avec un objet contondant. »

Elle avait obtenu une plus grande précision de l'horaire du décès par l'intermédiaire du père de Nathan. Elle corrige sur la feuille : entre 9 heures et 11 heures 08.

Le jeune lieutenant entre dans la pièce et s'assoit silencieusement face de sa supérieure, qui continue sa lecture. Il contemple son visage harmonieux et sans défaut.

« Sous la violence du choc, la boîte crânienne a éclaté et la mort a été instantanée. Il y a de fortes présomptions pour que la victime ait reçu ce coup fatal dans une position accroupie. »

Tout de suite, Christelle Limière retient cette dernière posture : « accroupie ». Pourquoi un homme, sur une élévation de terrain, se tiendrait-il ainsi ?

Soit il se cachait ou surveillait, soit il surveillait en se cachant ! Elle revoit le lieu du drame et pense au parking en contrebas.

— Que pensez-vous de l'exposé du légiste, lieutenant ?

— Ça ne nous a pas appris grand-chose !

— Si, tout de même ! Que la victime était probablement accroupie au moment du coup, donc il devait épier quelqu'un ou quelque chose !

— Ah oui !

— Et ses relevés bancaires et téléphoniques ?

L'homme pose des documents sur ses genoux et sort son carnet :

— Sur ceux de sa banque, nous trouvons beaucoup d'apports en espèces, des petits montants, jusqu'à mille euros. Il faisait peu de chèques et ne se servait pratiquement jamais de sa carte bancaire. Il devait régler ses dépenses en liquide.

— Des versements d'un employeur ou d'un organisme qui le rétribuait ?

— Aucun.

— Donc parmi ces apports en espèces, il y avait forcément une personne qui le rémunérait. Et ?

— Sur les relevés téléphoniques, beaucoup de numéros en provenance d'Espagne. J'ai demandé au juge une commission rogatoire pour bénéficier des numéros complets.

— Vous avez fait la demande pour ceux de Catherine Boiteux ?

— Oui.

— Et la moto d'Anton ?

Christelle Limière avait compris que l'homme avait besoin d'être canalisé de temps en temps, car les libertés qu'il s'octroyait pouvaient gêner l'avancement d'une enquête.

— L'assurance débute en janvier 2008, probablement à l'arrivée de la victime en France, car c'est à ce moment-là qu'intervient la location de son appartement. Pas de facture d'achat de la Kawasaki. Des analyses ADN sur la moto sont en cours.

— Comment payait-il ses loyers ?

— En liquide. J'ai téléphoné au propriétaire.

— Des factures chez un garagiste ?

— Aucune.

— Beaucoup de kilomètres parcourus avec la moto ?

— Oui, beaucoup.

La capitaine pense que le lieutenant a, pour une fois, fait correctement son travail. Mais elle ne souhaite pas lui faire de compliment, car c'est la porte ouverte à une relation plus personnelle qu'elle ne veut pas.

— Et l'enquête de proximité à l'hôtel ?

— Il reste encore des vérifications à faire, car deux clients se sont absentés entre-temps. Pierre... Euh, le lieutenant Rousse s'est déplacé ce matin pour compléter son dossier.

— Et les voitures sur le parking ?

— En fait, en enlevant le véhicule de la scientifique et celui du jardinier de la villa, il n'en reste que deux. Nous aurons la réponse de la préfecture cet après-midi pour bénéficier des coordonnées des propriétaires. En ce qui concerne les horaires des trains, je m'en occuperai tout à l'heure.

— Vous nous parlerez de tout cela à la réunion de 14 heures !

Philippe Beauregard vient juste de quitter la pièce quand son portable sonne :

— Capitaine Limière à l'appareil !

— Émilie Ingrat. Bonjour, capitaine.

— Bonjour.

— Pouvez-vous me donner d'autres informations sur l'assassinat d'Anton Petrescu ?

La journaliste avait su trouver de nouveaux renseignements.

— Pour l'instant, il faut parler d'homicide volontaire, pas d'assassinat. J'ai lu votre article de ce matin, vous êtes bien informée et vous connaissez même son nom !

— J'essaie de faire mon travail. L'homme était-il fiché dans vos services ?

Un silence de quelques secondes s'installe.

— Émilie. Je peux vous appeler Émilie ?

— Oui, bien sûr.

Christelle Limière avait deviné un sourire au bout du fil.

— Je ne peux pas vous en dire davantage au téléphone.

— Je serais ravie de vous rencontrer !

— Moi aussi.

La policière n'avait pas pu contrôler cette réplique trop rapide.

— Quand et où pouvons-nous nous voir ?

— Pas au commissariat ! Je ne veux pas que cette entrevue ressemble à un interrogatoire.

Inconsciemment, elle ne souhaitait peut-être pas mélanger travail et loisir !

La chroniqueuse veut tisser des liens plus étroits avec cette agréable enquêtrice ; d'une part, parce qu'elle pourra bénéficier d'importantes précisions pour ses prochains papiers et d'autre part, parce qu'elle qualifie leur relation de franche et amicale.

— Et pourquoi pas jeudi soir dans un restaurant ?

— Parfait. Je vous laisse choisir le lieu et l'heure.

— Je vous envoie un SMS. Au revoir, lance la journaliste.

— À bientôt.

La capitaine avait l'impression que leur relation venait de dépasser le cadre professionnel.

§

Sur sa terrasse, allongée sur un transat, la bijoutière essuie une larme en pensant à la succession d'évènements qui avait entraîné la disparition de son amant.

En avril dernier, le couple Boiteux avait longuement hésité avant d'accepter la proposition de Petru Moldovan. Catherine avait même proposé de réduire leur train de vie en attendant une amélioration des ventes de la bijouterie. Alexandre avait rejeté cette suggestion.

Dimanche dernier, Anton l'avait appelée pour la remise d'un lot de joyaux. Cet arrivage impromptu modifiait leurs habitudes et lundi matin, elle avait quitté son appartement sans qu'il ne la touche.

Hier soir, dans la chambre, Alexandre lui avait fait part des menaces de Petru Moldovan. Il l'avait prise dans ses bras et elle avait sangloté quelques minutes.

Ils s'inquiétaient aussi pour Joséphine et ils comprenaient que ce contrat pour un travail illicite les plaçait dans une position délicate et dangereuse. À présent, ils étaient engagés et ne pouvaient reculer. Appeler leur fille et expliquer cela au téléphone ne leur paraissait pas une bonne idée ! Il fallait espérer qu'elle ne découvre pas le sac noir dans le coffre.

Devant sa piscine, la bijoutière sort un kleenex, se frotte les yeux et pense encore à son amant.

Il y a un mois, ses désirs avaient évolué. Au fil des rencontres, petit à petit, il l'avait incitée à pratiquer des caresses et des attouchements de plus en plus impudiques. Elle devenait son jouet et ne pouvait rien lui refuser.

Anton Petrescu lui avait expliqué qu'elle était impliquée dans ce trafic de bijoux et qu'elle devait obéir à ses moindres caprices. Il avait notamment exigé qu'elle vienne le rejoindre nue sous sa robe ; mais c'était là la plus sage de ses astreignantes exigences.

Au comportement amoureux de cette « grande bourgeoise », comme il aimait l'appeler, le jeune Roumain comprit vite qu'elle découvrait une autre facette de l'amour physique, plus osée et plus perverse, mais avec davantage de plaisirs.

Pourtant, à la fin du mois de juin, ce qu'il lui demanda la révolta. Elle lui tint tête et refusa cette excentricité sexuelle extravagante. Il s'énerva et elle prit peur.

Plus tard, quand il s'avança pour l'embrasser, elle comprit qu'il faisait marche arrière et qu'elle avait eu raison de lui résister. Mais ce sentiment angoissant l'avait inhibée et elle décida d'arrêter leur relation.

Vexé du refus, l'homme n'avait rien voulu entendre de sa demande de séparation.

Tout à coup, le portail de la résidence s'ouvre. Joséphine arrête la Golf GTI devant le garage. Elle venait de reprendre la roue réparée chez le garagiste. Plus tard, un mécanicien viendra changer la batterie de sa petite Citroën.

Sa mère l'accueille froidement et se précipite pour ouvrir le coffre. Elle prend le sac noir et disparaît.

Cinq secondes plus tard, elle apostrophe sa fille :

— Tu as touché à ce sac ?

— Non. Pourquoi ?

— Quelqu'un était avec toi au chalet ?

— Oui. Thomas.

— Et lui, il a fouillé dans le sac ?

— Je ne sais pas. Je ne crois pas.

— Pour ton information, il contenait mes bijoux personnels et ils ont disparu. Tu peux téléphoner à Thomas ?

— …

— Ou donne-moi son numéro, je vais l'appeler !

Hier matin, la jeune fille avait troqué sa Citroën en panne contre la Golf GTI. Pour s'isoler et réfléchir, elle avait pris la direction des criques de Porteil, endroit qu'elle aimait particulièrement.

C'est en ouvrant le coffre qu'elle avait découvert le sac noir et son contenu. Puis elle avait remarqué la crevaison. L'aide du jeune auto-stoppeur avait été précieuse.

Tout à l'heure, après son détour par la gare de Perpignan, elle était revenue à l'anse de Porteil pour vérifier le contenu du sac et elle avait constaté, elle aussi, le vol des bijoux par Thomas, qui les avait remplacés par des cailloux.

« Non, ils ne devaient pas appartenir à sa grand-mère ! D'où pouvaient-ils provenir ? »

— Je n'ai pas son numéro, répond la jeune fille.

Elle remarque le visage décomposé de sa mère.

— Mais tu ne te rends pas compte dans quelle situation tu me mets ! Débrouille-toi pour retrouver ce garçon !

Joséphine lui tourne le dos et s'enferme dans sa chambre.

Plus tard, sa mère revient à la charge :

— Tout à l'heure, tu iras déclarer ce vol à la police. Et tu diras que ce sont mes bijoux personnels, ceux de ma famille ! Pas ceux d'Alexandre !

Derrière la porte, Joséphine a entendu.

— D'accord.

La jeune fille pense à Thomas, mais le sentiment qu'elle lui porte a beaucoup évolué. Le jeune homme n'est pas honnête. Il n'a pas beaucoup parlé de lui, probablement volontairement, et il a volé les joyaux.

En cette fin de matinée radieuse, l'étudiante, en tenue estivale, se dirige vers la piscine ; l'eau est déjà à vingt-huit degrés. Avant de s'allonger sur le transat, elle s'enduit les jambes et les fesses de crème solaire.

§

Á l'heure convenue, la capitaine et les lieutenants sont réunis dans le bureau de Roger Croussard, qui prend la parole :

— Nous allons planifier la réunion comme ceci : Jacques Louche va d'abord nous parler des vols de voitures, et Philippe Beauregard nous informera sur ses avancées dans l'enquête de l'homicide d'Anton Petrescu. Enfin, la capitaine résumera les rapports du légiste et de la scientifique, et elle nous établira le profilage du tueur. Lieutenant, nous vous écoutons !

Jacques Louche ouvre son cahier :

— J'ai de nouveau rencontré les vendeurs des voitures. Un troisième couple m'a confirmé la manipulation des clés dans la poche de l'acheteur potentiel et d'après les garagistes, il a très bien pu prendre leurs empreintes pour les reproduire. Et, bien sûr, revenir plus tard dérober les véhicules.

— Où se sont passés ces vols ?

— Perpignan, Le Boulou, Céret, Canet et Banyuls, commissaire.

— Où étaient passées les annonces ?

— Sur des sites Internet.

— Que pouvons-nous faire d'autre ? Quelqu'un a une idée ?

Roger Croussard avait pour habitude de faire participer son équipe. De ces discussions et des réflexions des uns et des autres naissait souvent la meilleure orientation d'une enquête.

— Ce qui est surprenant, ce n'est pas le vol des voitures, c'est le mode opératoire, avance la jeune femme. À chaque plainte, il y avait donc un couple d'acheteurs ?

— Oui.

— Pourquoi ne pas établir un portrait-robot de ces couples ? Ainsi, nous saurons si ce sont les mêmes à chaque délit !

— Bonne idée, capitaine ! Emmenez Perez avec vous, le spécialiste des portraits-robots, et retournez voir les plaignants !

— Ça risque d'être long !

— Faites-le, lieutenant ! C'est important, valide Christelle Limière.

Son supérieur se tourne vers Philippe Beauregard.

— Et vous, lieutenant, l'ordinateur d'Anton a parlé ?

— Pas de fichiers personnels. Par contre, beaucoup de sites de rencontres, de vente et d'achat de voitures, de motos et de camping-cars d'occasion.

— Sans intérêt, juge le commissaire. Et les relevés bancaires et téléphoniques ?

Il réitère l'analyse faite à sa supérieure. Puis il informe le groupe de l'accord du juge d'instruction pour les relevés téléphoniques de la victime et ceux de Catherine Boiteux.

— Je contacterai leurs opérateurs après cette réunion.

L'homme parle ensuite de l'enquête de voisinage, restée vaine, car les dernières vérifications des clients de l'hôtel n'ont rien révélé. Pour la recherche auprès de la SNCF, dans le créneau horaire défini, un seul train de marchandises a emprunté cette ligne. Le conducteur de la locomotive doit d'ailleurs le rappeler dans la soirée.

— Parfait. Tenez-nous au courant de votre avancée ! Et vous, capitaine ?

Elle ouvre son carnet :

— Le rapport du légiste nous apprend ceci : la victime a reçu un violent coup derrière la tête par un objet contondant, et il devait être accroupi.
— Accroupi ? C'est bizarre ! s'étonne le commissaire.
— En fait, non. Le drame s'est passé sur une élévation de terrain qui domine un parking ; et je suppose que le Roumain surveillait quelqu'un ou quelque chose, caché par des herbes hautes.
— Ah oui !
— Tout à l'heure, j'ai reçu le rapport de la scientifique, que voici. Laissez-moi deux minutes et j'en fais un résumé !

Un peu plus tard, la jeune femme reprend la parole :
— Voici ce que j'ai noté : le corps a été déplacé sur environ un mètre, ou plutôt roulé. Beaucoup de traces de sang et c'est logique, puisque la tête a été touchée. Pas d'empreinte de chaussure exploitable et pas de découverte de l'arme du crime. Des prélèvements ADN ont été effectués sur la victime et sa moto. Ils vont être rapprochés de nos fichiers. À son appartement, les techniciens ont relevé des empreintes digitales, mais elles correspondent toutes à celles du locataire.
— Ce qui est tout de même peu ! reconnaît Jacques Louche.
— Oui, en effet, confirme le commissaire. Le mobile et le profilage du tueur, capitaine ?
— Je vous rappelle que le vol n'est pas le mobile puisque nous avons retrouvé des billets de banque dans son portefeuille. J'aurais tendance à privilégier la vengeance, puisque sa paire de lunettes de soleil a été détruite à proximité du corps, probablement écrasée par le meurtrier. La violence du coup m'oriente vers un homme. Plusieurs hypothèses : un mari jaloux, une vengeance ou un conflit financier. Nous pensons que le tueur a volé ses clés d'appartement, qu'il a ensuite fouillé minutieusement. Il devait donc chercher

quelque chose, peut-être son portable que nous n'avons pas retrouvé. À son domicile, aucune fiche de salaire d'un employeur depuis son arrivée en France en 2008, ce qui est tout de même surprenant. Il faut donc se rapprocher de ses connaissances. Le seul contact que nous lui connaissons aujourd'hui est sa maîtresse Catherine Boiteux.

— Nous en saurons davantage avec ses relevés téléphoniques et les informations que nous recevrons de Roumanie, précise Roger Croussard.

— Oui, bien sûr. Je vais convoquer de nouveau la bijoutière, car je pense qu'elle ne nous a pas tout dit sur la victime. Ah ! J'ai oublié de vous parler de Bertrand Grange !

Elle raconte succinctement son interrogatoire et parle des relations difficiles entre Catherine Boiteux et Anton Petrescu.

— Pour conclure, je dois dire que plusieurs éléments me surprennent dans ce début d'enquête : d'abord le vol du portable de la bijoutière dans mon bureau et la mise à sac du domicile de la victime. En ce qui concerne le Roumain, nous n'avons trouvé chez lui aucune photo de famille, d'ami ou d'objet personnel. C'était un homme solitaire, d'un caractère froid.

— Pour le vol dans votre bureau, j'ai questionné l'agent de garde à l'accueil. Hier soir, il n'a rien remarqué de particulier. Pour la suite de votre enquête, que comptez-vous faire, capitaine ?

— Je vais interroger Catherine et Alexandre Boiteux.

— Bien. Vous nous ferez un rapport sur cette réunion et sur ces deux interrogatoires ?

— Bien sûr, commissaire.

— Prochaine réunion demain à 19 heures.

Tous se lèvent.

À peine revenue à son bureau, Christelle Limière reçoit un appel interne :

— L'accueil, capitaine. Joséphine Boiteux souhaite vous voir pour une déclaration de vol.

— Bien. Je descends la chercher.

« Décidément, la famille Boiteux est à l'ordre du jour ! » pense-t-elle.

Dans le bureau de la policière, la jeune fille aux courts cheveux blonds s'installe ; elle montre des jambes dorées, rehaussées par une courte jupe claire.

L'enquêtrice lui demande sa carte d'identité et pense aux confidences de Bertrand Grange.

Timidement, Joséphine murmure :

— Je voudrais faire une déposition pour un vol de bijoux.

— Quand vous en êtes-vous aperçue ? Racontez-moi ça !

— Ils étaient dans le coffre de la Golf GTI de ma mère. Hier matin, comme ma voiture ne démarrait pas, j'ai emprunté la sienne et je suis allée à notre chalet de Pyrénées 2000. Au retour, ce matin, il y avait des cailloux à la place des bijoux dans le sac noir.

— Étiez-vous seule dans ce chalet ?

— Euh... Oui.

Elle avait regardé en l'air en réfléchissant avant de répondre ; la capitaine s'en était aperçue.

— Vous ne le savez peut-être pas, mademoiselle, mais un faux témoignage entraîne automatiquement une garde à vue. Je pense que vous n'étiez pas seule au chalet !

L'étudiante marque un temps d'arrêt et fixe la policière.

— J'étais avec Thomas.

— Qui est Thomas ?

— Un étudiant de Toulouse qui a dépanné ma voiture.

— Où ça s'est passé ?

— Hier matin, il a changé une roue de la Golf à côté d'Argelès et je l'ai déposé ce matin à la gare de Perpignan.

— Donc vous étiez avec lui dans votre chalet ?

— Oui.

— Vous avez ses coordonnées ?

— Non. Je n'ai ni son nom, ni son adresse, ni son numéro de portable.

Christelle Limière ouvre de grands yeux car elle trouve la jeune fille un peu « tête en l'air », voire crédule.

— Ah ! D'où proviennent ces bijoux ?

— Ce sont les bijoux personnels de ma mère. Je crois qu'ils appartenaient à ma grand-mère.

— Pourquoi étaient-ils dans sa voiture ?

— Mon beau-père devait les examiner. Je suppose que ma mère avait prévu de les lui apporter.

« Situation bizarre, mais vraisemblable ! » imagine la capitaine.

Elle se remémore les confidences de l'écrivain : personne difficile à gérer et qui n'aime pas beaucoup son beau-père, capricieuse, un peu « écorchée ».

— Quelles sont vos relations avec Alexandre ?

— Bof !

— Quel métier voulez-vous faire plus tard ?

— Je ne sais pas.

— À vingt-deux ans, il faudrait avoir une idée plus précise de l'avenir. Nous devrions avoir une conversation en tête-à-tête à ce sujet !

Étonnée par ces propos familiers, la jeune fille dévisage l'enquêtrice et lui sourit.

— Nous allons faire la déclaration.

Plus tard, Joséphine quittera le commissariat.

À son bureau, Christelle Limière téléphone à Catherine Boiteux sur son poste fixe. Un rendez-vous est pris à 19 heures ce soir.

Puis elle arrive à joindre son mari à son magasin. Ils conviennent de se voir le lendemain à 8 heures au commissariat, horaire qui lui permettra d'arriver à l'heure pour l'ouverture de son commerce.

§

Ce même jour, à 18 heures 55, à Carcassonne, dans la rue de Verdun, la bijoutière Pilar Eloi se prépare à baisser son rideau de fer.

À travers la vitre, elle observe depuis quelques minutes, sur le trottoir d'en face, un jeune homme qui surveille les alentours. Son commerce n'a jamais fait l'objet de cambriolage, mais certains de ses confrères n'ont pas eu cette chance. Elle se pose beaucoup de questions.

Le temps de passer derrière le comptoir et le garçon pénètre dans la boutique.

Il se positionne devant la commerçante. Il ne sort pas d'arme ; elle est soulagée.

— Bonsoir, dit-elle en souriant.

— Bonsoir. Je possède quelques bijoux de famille, suite à un héritage. Pourriez-vous me les estimer ? demande-t-il en posant une poche sur le comptoir.

— Bien sûr, monsieur.

Pilar Eloi, femme d'un certain âge, est une professionnelle avertie. Elle chausse sa loupe éclairante et prend le temps d'observer attentivement les colliers, les bracelets, les montres et les bagues.

Corindon, rubis d'un beau rouge soutenu et magnifique turquoise d'un bleu-vert transparent. Une montre Patek Philippe. Que de la haute joaillerie !

La bijoutière n'avait jamais approché des joyaux d'une telle qualité et d'une telle beauté.

— Ce sont de splendides bijoux ! Mais il me faut un peu de temps pour les évaluer. Comment faisons-nous ?

— Je suis assez pressé ! précise le blondinet.

— Je vais y consacrer une partie de ma soirée. Repassez demain matin vers 8 heures 45, avant l'ouverture du magasin, et vous aurez une première estimation. Je vais vous signer une prise en charge.

§

Au commissariat de Perpignan, dans la salle d'interrogatoire, Catherine Boiteux voit entrer le policier qu'elle avait vu en milieu d'après-midi chez elle. L'homme prend ses empreintes digitales et un peu de salive dans sa bouche. Il l'installe face à la caméra.

La bijoutière le regarde avec étonnement car elle ne comprend pas une deuxième entrevue dans la même journée. En face d'elle, l'homme l'observe en silence et patiente.

Puis, Christelle Limière arrive et procède aux présentations d'usage.

— Madame Boiteux, nous avons souhaité vous revoir car vous ne nous avez pas dit grand-chose sur Anton Petrescu !

— Pourtant, je ne vous ai rien caché, ment-elle.

— Vous ne me ferez pas croire que, quand une femme couche régulièrement avec un homme, elle en sache si peu sur lui ! Vous nous avez raconté qu'il ne parlait pas de son travail. Mais il devait avoir des amis et il a bien dû vous citer des noms !

— ...

— De quoi parliez-vous alors ?

La suspecte ne sait que dire.

— Vous savez, notre relation était uniquement sexuelle et nous parlions très peu.

— Que disiez-vous ?

— Rien.

— Donc, vous arriviez chez lui, vous vous déshabilliez et vous faisiez l'amour, c'est ça ?

— En quelque sorte, oui.

— Il n'y avait pas beaucoup de sentiment !

— Non aucun sentiment, juste du plaisir, avoue l'interviewée avec un sourire en coin.

Mais la capitaine souhaite en savoir davantage :

— Comment le définiriez-vous ? C'était un homme plutôt doux et agréable, ou violent et exigeant ?

— Agréable.

— Madame Boiteux, vous mentez ! Vous en aviez peur ! Nous avons retrouvé des sangles car il vous attachait les mains aux montants de son lit. Il était violent et sadique, rétorque l'enquêtrice en élevant la voix. Ces marques à vos poignets le prouvent.

Les yeux de la bijoutière se remplissent de larmes et elle baisse la tête. Son comportement confirme les paroles de son ami Bertrand.

— Vous ne pouvez plus le protéger maintenant. Vous devriez nous aider à retrouver son assassin. Pourquoi nous cacher la vérité ?

— …

— Nous pouvons aussi vous placer en garde à vue pour obstruction à l'enquête !

Les larmes redoublent.

La policière ne veut pas brusquer la suspecte car elle devine son rôle secondaire dans l'homicide, et elle peut encore avoir besoin de son aide. Elle essaie seulement de lui faire peur.

Elle se tourne vers le lieutenant et constate qu'il fait la moue.

— Nous allons vous libérer, madame Boiteux. Mais je pense que nous nous reverrons bientôt.

L'enquêtrice fait un signe de tête pour arrêter l'enregistrement.

Elle demande à un gardien de raccompagner Catherine Boiteux à l'accueil.

À son bureau, en établissant le rapport de cet interrogatoire, Christelle Limière repense au mobile de l'homicide. S'il s'agit d'une vengeance, cela ne peut être qu'un proche ou une ancienne connaissance.

À part sa maîtresse qui ne veut pas parler et qui, après le plaisir, a connu la souffrance, elle ne lui connaît pas d'autres relations. Et la bijoutière n'avait pas la force nécessaire pour porter ce coup violent.

Elle se trouve dans une impasse.

« Attendons les informations en provenance de Roumanie et la traduction des documents écrits en langue roumaine ! » pense-t-elle.

L'enquête avançait vraiment à petits pas.

§

À la fermeture de son commerce, Alexandre Boiteux regarde sa vendeuse s'éloigner à pied et il s'apprête à fermer sa devanture.

À ce moment-là, un homme se penche et entre dans le magasin ; le bijoutier reconnaît Petru Moldovan.

— Alors, as-tu avancé dans la recherche du meurtrier ?

La voix grave et forte du Roumain résonne dans la pièce.

— Tout ce que je sais, c'est que la police enquête et Joséphine a fait une déclaration de vol pour les bijoux.

— Ça je le sais ! Ta fille est arrivée ce matin à 11 heures et elle est allée au commissariat aux alentours de 16 heures.

Le commerçant comprend que sa maison est maintenant surveillée et que sa fille est suivie dans ses déplacements. Il pâlit et ses mains tremblent.

Petru Moldovan s'approche tout près du bijoutier et le regarde droit dans les yeux :

— Débrouille-toi ! Dis à ta femme de coucher avec un flic pour connaître la vérité. Démerde-toi !

— Les policiers ont fouillé l'appartement d'Anton à Saint-Cyprien. Ils ont peut-être trouvé son portable !

— Tu as intérêt à t'activer, Boiteux, sinon ta fille paiera. Il y a de la place pour elle sur les parkings de La Jonquera.

Et l'homme quitte la bijouterie en passant sous le rideau de fer.

Chapitre IV

Le mercredi 6 juillet 2011, s'installant à son bureau, Christelle Limière lit les retranscriptions des derniers messages du portable de Bertrand Grange : rien sur une hypothétique participation à l'homicide d'Anton, mais elle constate qu'il était vraiment très proche de Catherine Boiteux et partageait tous ses secrets, même les plus intimes.

Elle demande à un brigadier de le ramener à son domicile.

Deux notes ont été posées sur sa table de travail : d'une part, les empreintes sur la moto rouge ne correspondent à aucune trace répertoriée dans les fichiers nationaux. D'autre part, le lieutenant Beauregard signale que le conducteur du train de marchandises, absorbé par son travail, n'a rien remarqué à cet endroit. Il rappellera la préfecture ce matin pour les deux voitures restant sur le parking.

Son portable émet un bip : un SMS d'Émilie Ingrat lui indique le nom et l'adresse du restaurant ; elle sourit et lui répond.

Dix minutes plus tard, elle reçoit un appel de l'accueil : Alexandre Boiteux l'attend.

La capitaine sort de son bureau et s'arrête devant celui de Philippe Beauregard qui vient d'arriver.

Dans la salle, le bijoutier reconnaît le couple de policiers que Catherine lui a décrit lors de ses deux interrogatoires.

La jeune femme place le suspect face à la caméra et, pendant que le lieutenant procède aux prises d'empreintes digitales et de salive, elle prend le temps de dévisager l'homme. Il doit avoir une cinquantaine d'années. Sa tête ronde présente une belle harmonie. Sa bouche est large et charnue. Elle qualifie son visage d'ouvert et le classe dans la catégorie des dilatés. Sens pratique et réalisme, facilité de contact, savoir-faire, elle convient qu'il possède toutes les qualités propres à son métier.

Elle effectue les préliminaires d'usage et sort son portable pour faire une photo de son visage.

— Nous voulions vous rencontrer pour éclaircir certains points. D'abord, êtes-vous au courant des bijoux volés dans le coffre de la voiture de votre femme ?

— Oui. Catherine devait me les apporter pour que je les examine.

— D'où proviennent ces bijoux ?

— De sa famille.

— Pourquoi voulait-elle les expertiser ?

— Elle les a retrouvés dans un tiroir et elle m'a demandé leur valeur approximative.

Les enquêteurs avaient sorti leur carnet et prenaient des notes.

Immobile sur sa chaise, le commerçant répond calmement aux questions, sans jamais quitter son interlocutrice des yeux.

— Qu'avez-vous fait lundi matin ?

— Le magasin est fermé le lundi. De bonne heure, pour me changer les idées, je vais marcher quelques heures ce jour-là.

— Où êtes-vous allé ?

— J'ai laissé ma voiture au col de l'Ouillat et j'ai suivi le GR10.

— À quelle heure êtes-vous revenu ?

— Je suis arrivé à mon atelier un peu après 15 heures.

— Où avez-vous mangé ?

— J'emporte toujours de l'eau et des sandwichs dans mon sac.

Christelle Limière remarque qu'elle ne pouvait vérifier son alibi au moment de l'homicide du jeune Roumain.

— Qui a préparé vos sandwichs ?

— À 7 heures, tout le monde dort à la maison. J'ai l'habitude de me débrouiller seul.

— Avez-vous rencontré quelqu'un ou vous êtes-vous arrêté prendre un café, ou avez-vous fait le plein d'essence ?

— Désolé, capitaine. Rien de tout ça. Mais vous me soupçonnez de quoi exactement ?

La policière décide d'être plus directe :

— Vous savez pour le meurtre d'Anton Petrescu ?

— Oui. Catherine me l'a appris.

— Et pour Catherine et Anton, vous saviez aussi ?

L'homme sourit. Il devine ce qui la préoccupe. Un mari jaloux fait un coupable idéal.

— Oui. J'ai eu des ennuis de santé en 2001 et à partir de cette date, j'ai cessé d'avoir des rapports avec Catherine. Ma femme a vite compris que j'avais deviné sa liaison, mais cette tolérance n'a jamais entravé notre relation et notre entente.

— Vous êtes un couple plutôt libre ! remarque le lieutenant.

— Non, pas un couple libre. Il faut simplement dire que je suis large d'esprit et que j'aime ma femme.

— Donc vous n'étiez pas jaloux ?

— Pas du tout.

À la grande surprise des enquêteurs, le suspect sourit.

Christelle Limière n'a pas d'autre choix que de le croire.

— Une dernière chose. Quelles sont vos relations avec Joséphine ?

— J'essaie de participer à son éducation du mieux possible. Mais elle a été une enfant gâtée et nous avons trop cédé à ses caprices. Elle finira bien par trouver sa voie.

— Vous allez me confier votre portable.

— Voici. Ma femme me l'a acheté hier. Vous ne trouverez pas grand-chose dedans. Le précédent était trop ancien.

— Qu'en avez-vous fait ?

— Je l'ai jeté. Que voulez-vous que j'en fasse ?

— Oui, bien sûr. Merci d'avoir répondu à mes questions, monsieur Boiteux.

La disparition d'Anton Petrescu avait incité le bijoutier à prendre des précautions. Hier, dès le rendez-vous fixé avec l'enquêtrice, l'homme avait téléphoné à sa femme pour qu'elle lui achète en urgence un nouveau portable. Il savait tout ce que contenait un tel appareil : des contacts personnels dévoilés et une localisation de son propriétaire par les bornes, à condition bien sûr qu'il ne soit pas éteint.

À son bureau, Christelle Limière établit son rapport et constate que les propos du lapidaire corroborent ceux de Joséphine et de Bertrand Grange, mais personne pour valider sa présence sur les Albères le jour du meurtre d'Anton.

Le changement subit de son téléphone l'incite à se poser des questions.

§

Postés dans une voiture banalisée, à une centaine de mètres du commerce de Pilar Eloi, un lieutenant et un brigadier du commissariat de Carcassonne surveillent l'entrée de la bijouterie.

Aux alentours de 8 heures 45, un premier client se présente et regarde autour de lui. Il frappe et la porte s'ouvre.

Alertés la veille par la bijoutière qui avait deviné une transaction insolite et illicite, les policiers s'étaient organisés : un gardien de la paix entrerait avec la commerçante à 8 heures 20 pour éviter toute fuite de l'individu par l'arrière. Deux autres le coinceraient par la porte d'entrée.

Les évènements se passent ainsi, sans aucune violence ; le garçon et les bijoux sont emmenés au commissariat.

§

Ce même jour, en milieu de matinée, Roger Croussard reçoit un appel téléphonique de son collègue de Carcassonne.

Devant l'importance des informations, il appelle son adjointe. À son arrivée, il actionne l'amplificateur :

— Donc, vous me disiez que vous aviez arrêté un étudiant ?

— Hier soir, nous avons été alertés par une bijoutière de Carcassonne car un jeune homme souhaitait vendre des bijoux. Comme il y en avait beaucoup et qu'ils représentaient une grande valeur, la commerçante s'est méfiée et l'arrestation du garçon s'est effectuée ce matin.

— Oui. Et alors ? s'agace le Perpignanais qui commence à s'impatienter.

— Nous avons saisi les joyaux et nous l'avons interrogé. Thomas, puisque c'est son prénom, a parlé d'une jeune fille, une certaine Joséphine d'Argelès-sur-Mer, qui les lui aurait donnés.

— Et son père est bijoutier ? précise la capitaine.

— Oui, c'est ça. Voilà pourquoi je vous téléphone !

— Il est encore chez vous ?

— Oui.

— J'aimerais l'interroger ! propose-t-elle en regardant son supérieur qui opine de la tête.

— Pas de problème.

— Je serai à Carcassonne en début d'après-midi.

— Parfait. À tout à l'heure, capitaine.

Le commissaire raccroche et demande à la jeune femme de l'appeler après son interrogatoire.

Elle passe à son bureau avant de se diriger vers le parking.

Une heure plus tard, Christelle Limière pénètre dans le commissariat central de la préfecture de l'Aude.

Un lieutenant de police se joint à elle dans la salle d'interrogatoire.

Le jeune homme blond qui entre dans la pièce paraît intimidé et hésitant. Il s'assoit.

Avec son téléphone portable, la policière prend une photo de son visage ; puis elle fait un signe de la main pour valider le début de l'enregistrement et présente l'entretien. Elle signale l'affaire : « l'homicide d'Anton Petrescu ».

À l'annonce de cette dernière locution, le garçon se crispe.

— Quel âge avez-vous ?

— Vingt-et-un ans.

— Vous êtes étudiant ?

— En deuxième année de médecine à Toulouse.

— Le recel de bijoux, c'est cinq ans de prison ! Nous vous écoutons.

Elle sort son carnet et son stylo, et attend. Elle a lancé cet apophtegme afin de le déstabiliser.

Les yeux de Thomas s'agrandissent ; il est nerveux et bouge sur sa chaise.

— Joséphine est venue me chercher quand je faisais du stop.

— Où ? Montrez-moi sur la carte !

Christelle Limière déplie une carte IGN qu'elle sort de sa sacoche, et il indique un point à l'endroit où la voie ferrée passe près de la mer. Elle constate que cet emplacement est très proche du lieu de l'homicide du Roumain.

— Donc, aux criques de Porteil. Pourquoi venait-elle vous chercher ?

— Sur le parking, derrière la voie ferrée, sa Golf GTI avait une roue crevée.

« Tiens, tiens, quelle coïncidence ! » pense-t-elle.

— Et ?

— Je l'ai remplacée par sa roue de secours.

— Avez-vous remarqué quelque chose d'anormal ?

— Euh… Non.

— Joséphine vous a regardé la changer ?

— Oui. Ah si ! Elle regardait vers un camping et paraissait nerveuse.

Le lieutenant de Carcassonne est attentif au déroulement de l'interrogatoire. La capitaine insiste :

— Qu'est-ce qu'elle regardait ?

— Une moto, je crois.

— Vous savez pourquoi ?

— Non, mais elle m'a dit qu'il fallait se dépêcher.

Pour la jeune femme, cela signifiait que Joséphine connaissait Anton Petrescu. Elle écrit quelques mots sur son carnet.

— Et après ?

— Nous sommes allés chez son garagiste et elle a laissé sa roue crevée. Un mécanicien a d'ailleurs installé un pneu de rechange pour éviter qu'elle ne roule avec sa galette. Puis, nous avons discuté et elle m'a proposé de l'accompagner jusqu'à Pyrénées 2000, dans le chalet de son père.

— Pour quoi faire ?

— J'avais compris que je lui plaisais, avoue l'étudiant en souriant.

Christelle Limière pense qu'une discussion avec Joséphine s'impose.

— Et les bijoux ?

— Elle me les a donnés là-bas.

— Attendez, je ne comprends pas ! Où étaient ces bijoux ?

— Dans le coffre de sa voiture, dans un sac noir.

— Je pense qu'elle ne vous les a pas donnés ! Vous les avez volés !

— ...

— Attention, jeune homme ! Dites-moi la vérité où vous allez finir en garde à vue !

Le blondinet fixe la policière.

— Oui, je les ai pris, dit-il après quelques secondes d'hésitation.

— Et vous les avez remplacés par des cailloux. Que savez-vous sur Joséphine ?

Il marque un temps d'arrêt devant la précision apportée par l'enquêtrice. Il s'accorde quelques secondes de réflexion avant de répondre :

— Elle ne s'entend pas très bien avec son beau-père, qui est bijoutier, et elle veut changer d'orientation dans ses études. Qu'est-ce que je risque pour les bijoux ?

Christelle Limière réfléchit.

« Des joyaux d'une grande valeur dans la voiture d'une bijoutière maîtresse d'un homme décédé d'une mort violente : il pourrait s'agir d'un règlement de compte sur fond de recel ! » pense-t-elle.

— Si ces bijoux ont été volés, vous êtes complice de recel et vous purgerez quelques années de prison.

— Mais je ne le savais pas !

— Bien sûr, mais ça reste à prouver ! Est-ce que Joséphine connaissait votre numéro de portable ?

— Non.

— À part la bijoutière de Carcassonne, quelqu'un d'autre est au courant pour les joyaux ?

— Non.

— Vous allez me confier votre portable !

— Voici.

— Pour le moment, ne parlez à personne de ces bijoux, ni à vos amis, ni à votre famille, ni à la presse ! Téléphonez au lieutenant ici présent si un élément vous revient en mémoire ! Il vous fera signer votre déposition tout à l'heure.

Thomas repart en cellule la tête basse, en attendant la décision du juge d'instruction de Carcassonne.

En présence du lieutenant, l'enquêtrice rencontre le commissaire et, sans entrer dans les détails, elle s'exprime sur l'homicide d'Anton Petrescu.

Pour les joyaux, elle signe des documents et demande qu'on lui envoie un double de la déposition.

Aux alentours de 14 heures 30, elle quitte le commissariat central de la préfecture de l'Aude.

Sur le chemin du retour, elle s'arrête à une station service pour manger un sandwich et elle appelle son supérieur. Elle lui fait part des aveux de l'étudiant.

— Nous devons entendre rapidement Joséphine Boiteux et sa mère !

— J'ai pensé à une autre stratégie, commissaire. S'il s'agit de recel de bijoux, comme je le pense, il faut prendre des dispositions pour remonter la filière. Alexandre Boiteux ne doit être qu'un exécutant qui les achète, les vend ou les transforme ; c'est un simple maillon de la chaîne, comme sa femme d'ailleurs qui assure la livraison, car son mari peut difficilement le faire.

— Quelle est votre idée ?

— Il faut se réunir pour en parler, commissaire !

— D'accord. Réunion avec Beauregard et Louche dans mon bureau à 16 heures !

§

En milieu d'après-midi, Christelle Limière et Philippe Beauregard sont réunis dans le bureau de Roger Croussard. La jeune femme précise qu'elle a préféré laisser le lieutenant Louche poursuivre, avec Perez, la réalisation des portraits-robots des voleurs de voitures.

Les bijoux dérobés par l'étudiant de Toulouse ont été placés dans le coffre du bureau du commissaire.

— Capitaine, relatez-nous en détail ce que vous avez appris à Carcassonne !

La policière sort son carnet et narre son entretien avec Thomas. Puis elle enchaîne :

— En arrivant à mon bureau, j'ai relu les interrogatoires de Joséphine et Alexandre Boiteux, ainsi que celui de Bertrand Grange. J'ai la conviction que ces bijoux ne proviennent pas de la famille de Catherine.

— Qu'est-ce qui vous fait dire ça ? s'étonne le lieutenant.

— L'écrivain nous a informés que Catherine Boiteux est issue d'une famille modeste. Donc sa mère ne pouvait posséder des joyaux d'une telle valeur. Nous devrions faire des investigations sur Internet pour connaître leur provenance. Qu'en pensez-vous, commissaire ?

— Oui, c'est une bonne idée. J'ai fait la relation avec les « vols à la tire » effectués dans le métro par des enfants roumains dans les grandes villes comme Paris, Barcelone ou Madrid, et la nationalité d'Anton.

— Je ne crois pas, commissaire. N'oublions pas que ce sont des bijoux de haute joaillerie. Nous devrions confier cette recherche à notre informaticien : il saura mieux que personne les rapprocher des vols perpétrés dans des bijouteries en France ou à l'étranger.

Philippe Beauregard avait sorti son carnet et prenait des notes.

— Expliquez-nous la stratégie que vous souhaitez mettre en place, capitaine !

— Il faut s'occuper des joyaux, sans perdre de vue l'homicide d'Anton Petrescu. S'ils n'appartiennent pas à Catherine Boiteux, ils doivent provenir d'un commanditaire. Mais pourquoi se trouvaient-ils dans le coffre de la voiture de la bijoutière d'Argelès ? J'ai imaginé un trafic qui pourrait ressembler à ça !

Christelle Limière se lève et se dirige vers le tableau blanc. À l'aide d'un marqueur, elle inscrit côte à côte les noms suivants : « X », Anton Petrescu, Catherine et Alexandre Boiteux. Dessous, elle ajoute le nom de Bertrand Grange.

— « X » est donc le commanditaire que nous recherchons. Les Boiteux sont des exécutants, comme Anton d'ailleurs. Pour en revenir au meurtre, comme je l'ai déjà précisé, je reste persuadée qu'une femme n'a pas la force d'asséner un coup aussi violent.

Elle place les lettres « NS » sous le nom de la bijoutière.

— Je la considère donc comme « Non suspecte », même si, bien sûr, elle est tout de même impliquée dans ce trafic. Alexandre, contrairement à ce qu'il nous a dit, devait être jaloux et nous n'avons personne pour corroborer ses quelques heures de marche sur les Albères le jour de l'homicide. J'ai d'ailleurs téléphoné au responsable du chalet du col de l'Ouillat, qui n'a pas pu me confirmer si un coupé BMW était garé sur son parking ce jour-là. Et bien entendu, la veille de son interrogatoire, le bijoutier s'est acheté un nouveau portable et s'est séparé de l'ancien, qui devait contenir des conversations intéressantes. Il est donc très malin. Pour moi, c'est un suspect.

La jeune femme écrit la lettre « S » sous son nom, et poursuit :

— Bertrand Grange est très proche de Catherine, comme confident. Avec pour mobile la volonté de se débarrasser du Roumain dont son amie ne voulait plus, il a pu être l'exécuteur. Je rappelle qu'il n'a pas d'alibi vérifiable le lundi matin. Même s'il n'a pas forcément l'envergure d'un assassin, je préfère le qualifier de suspect.

Et elle note un « S » sous son nom.

— Le mobile pourrait donc être celui de la vengeance d'un mari jaloux ou de l'exécutant d'une maîtresse tyrannisée, sur fond de recel de bijoux.

— Oui, c'est bien analysé ! valide le commissaire.

— Pour conclure, nous attendons des informations de Roumanie sur le passé d'Anton Petrescu et la traduction des documents trouvés à son domicile. Voilà, en résumé, un point sur l'enquête ! conclut la capitaine.

— Que pouvons-nous faire en attendant ces informations ? demande son supérieur.

— D'abord, ce que nous ne devons pas faire, c'est les interroger ! Donc pas d'interrogatoire, pas de perquisition et pas de vérification du livre de compte de la bijouterie ! Nous devons mettre sur écoute tous leurs téléphones, fixes et mobiles, et il faut les surveiller.

— Nous allons inviter Martine, du service technique, pour cette mise en place ! propose le commissaire.

De son bureau, Roger Croussard décroche son téléphone.

Pendant ce temps, Christelle Limière observe Philippe Beauregard qui prend des notes. Elle le trouve particulièrement silencieux.

Deux minutes plus tard, une femme d'une quarantaine d'années, rousse aux cheveux courts, les rejoint.

Elle salue tout le monde. Le commissaire lui résume l'avancée des investigations et les souhaits de la cellule d'enquête. Martine récapitule :

— Pour les écoutes, il faut donc travailler sur le couple Boiteux et Bertrand Grange. C'est bien ça ?

— Tout à fait.

— Pour le délai de mise en place, comptez une ou deux journées à partir de l'accord du juge d'instruction ! Nous vous préviendrons si des contacts apparaissent avec un commanditaire ou toute autre relation ayant un rapport avec l'homicide du Roumain ou un éventuel trafic de bijoux. Pour les filatures, j'ai noté le nom du bijoutier Alexandre Boiteux et de l'écrivain Bertrand Grange. C'est bien ça ?

La capitaine veut réparer un oubli.

— Non. Je pense qu'il faut y ajouter Catherine Boiteux, puisqu'elle participe à ce supposé trafic. Le commanditaire doit remplacer Anton et elle sera peut-être en contact avec un nouvel approvisionneur.

— Oui, vous avez raison ! admet son supérieur.

— Je la rajoute.

— Pourrions-nous bénéficier d'un rapport journalier ?

— Bien sûr, commissaire ; mais vous ne l'aurez que le lendemain en début d'après-midi sur votre bureau.

— Parfait. Je me charge de faire la demande auprès du juge d'instruction tout de suite. Merci beaucoup, Martine.

La femme rousse quitte le groupe.

— Et moi, je vais m'inquiéter de la traduction des documents auprès de votre secrétaire.

Chacun regagne son bureau.

§

Philippe Beauregard est en avance. Assis dans un fauteuil en osier de couleur rouge, face à la « grande bleue », l'habitué du restaurant « L'Effet Mer » de Canet-en-Roussillon prend le temps de siroter un apéritif.

Le directeur de l'établissement se déplace pour saluer cet important client qui, deux à trois fois par semaine, vient déguster ses spécialités catalanes. L'homme dîne souvent en galante compagnie.

Il repense à l'enquête du meurtre d'Anton Petrescu et à la belle frimousse du capitaine Limière. La jeune femme lui plaît et il admet avoir commis une erreur en manquant de patience, le jour du drame. Il essaiera de nouveau, même si elle semble avoir placé des barrières entre eux.

Bien sûr, elle possède un visage parfait d'une beauté naturelle. Mais plus que son physique, ce sont ses capacités intellectuelles qu'il avait remarquées. Elle devinait tout avant les autres.

Une main sur son épaule le tire de ses pensées.

Il se lève pour accueillir Véra. Ils se font une bise.

Elle porte une courte robe à dentelles. Elle s'assoit et la conversation s'engage.

Le policier l'a rencontrée au commissariat. Véra Weber, charmante blonde de trente-deux ans, est la secrétaire de la brigade des stupéfiants. Divorcée et mère d'une petite fille, elle apprécie sa compagnie et surtout sa générosité : manger dans de grands restaurants et recevoir de magnifiques bijoux à la moindre occasion. À chaque sortie avec ce jeune homme argenté, elle s'imagine dans un autre monde.

En poste depuis plusieurs années, de temps en temps, elle se prend au jeu de l'échange de bons procédés en lui divulguant quelques informations ou en furetant dans les dossiers pour répondre à ses demandes. Véra comprend vite que le beau et riche lieutenant est un coureur de jupons, mais du moment qu'elle en profite...

Philippe Beauregard en avait appris davantage sur sa supérieure et ses récents succès en Charente. La secrétaire s'était aussi renseignée auprès de la police espagnole et il avait su qu'Anton Petrescu et Petru Moldovan n'étaient pas connus des services de lutte contre la drogue. Il avait obtenu bien d'autres informations sur le jeune Roumain.

Le couple voit arriver le maître d'hôtel et le lieutenant invite Véra à choisir ses plats préférés.

Aujourd'hui, le sommelier lui conseille un Vosne-Romanée 2005, millésime exceptionnel. Le client sait que son invitée apprécie les bons vins. Elle ne sera pas déçue. Comme à chacune de leur sortie, elle en boira plus que de raison.

Après ce succulent repas, ils déambuleront sur le front de mer où se promènent les touristes, pour rejoindre l'appartement du lieutenant au dernier étage de cet immeuble cossu, face à la mer.

Sur l'immense terrasse abritée des regards, ils s'allongeront sur des coussins moelleux. Puis il apportera une bouteille de champagne Louis-Roederer.

Plus tard, quand la bouteille sera vide, ils laisseront leur appétence les guider vers des caresses à foison et beaucoup de plaisir.

Chapitre V

Le jeudi 7 juillet 2011, Christelle Limière, assise à son bureau, termine le rapport de la réunion de la veille où les nouvelles orientations de l'enquête ont été définies : surveiller et attendre.

Elle est satisfaite que le commissaire ait abondé dans son sens. Roger Croussard est un homme franc et direct. Il s'est rarement opposé à ses demandes d'investigation, et les choix intuitifs et judicieux de la jeune femme ne l'ont jamais déçu.

En milieu de matinée, elle décide de retourner à l'anse de Porteil. La capitaine souhaite y revenir à la même heure que le drame afin de mieux saisir l'environnement.

Dans le couloir, elle croise le lieutenant Beauregard en compagnie de la secrétaire du commissaire : ses yeux caves confirment une nuit agitée.

Une demi-heure plus tard, sur la butte de terre argileuse qui surplombe le parking, l'enquêtrice s'accroupit à l'endroit où stagnent encore une gouttelette de sang, comme l'avait fait Anton Petrescu quelques secondes avant sa mort.

Elle aperçoit en contrebas deux randonneurs qui se dirigent vers le chemin du littoral. Elle pense à l'alibi d'Alexandre Boiteux au moment des faits : il avait la même tenue et, selon ses dires, il suivait le GR10 au col de l'Ouillat. Mais personne pour confirmer !

Sur le parking, elle voit aussi quelques voitures en stationnement. Et là elle pense à Joséphine et à Thomas, et au pneu crevé de la Golf.

Que pouvait-il surveiller d'autres que les occupants d'une automobile ?

La capitaine se retourne et observe l'entrée du camping, où se trouvait la moto rouge de la victime.

Puis elle descend du tertre et se dirige vers le pont de chemin de fer qui longe la nationale D114 ; là où Thomas faisait du stop. Elle regarde l'hôtel qui surplombe la voie ferrée et, à cet endroit, la densité de la circulation l'étonne. Mais nous sommes début juillet et les touristes arrivent en camping-cars, caravanes et voitures à remorque. Il faudra qu'elle s'habitue à ces mouvements de population.

Quand elle revient à sa voiture, un petit garçon à vélo s'arrête et lui lance un « bonjour ». Elle reconnaît Nathan.

Le gamin repart et son père s'avance :

— Bonjour.

— Bonjour. Il n'a pas l'air traumatisé ?

— Non, il n'y pense plus. Votre enquête avance ?

— Oui, mais plutôt lentement.

— Je vous ai regardée tout à l'heure. La victime était donc accroupie au moment du coup derrière la tête !

— Vous êtes observateur. Quel métier faites-vous ?

La jeune femme avait l'habitude de lier le comportement des individus à leur profession.

— Je suis pompier. J'ai repensé au moment de la découverte du corps. Un véhicule 4x4 est passé devant moi pour regagner la route, en passant sous le pont.

— Vous avez pu voir la marque, la couleur ou le numéro ?

— La couleur était sombre, me semble-t-il ! Je ne me souviens que de ça.

— Ce genre de véhicule pullule dans la région. Merci tout de même !

— Au revoir.

La policière rentre au commissariat après avoir noté l'information sur son carnet.

Vers 15 heures, la traduction des documents en langue roumaine est apportée à sa table de travail.

Elle vient juste d'en commencer la lecture lorsque le commissaire l'appelle à son bureau. Le lieutenant Beauregard est déjà présent.

— Le nom et l'adresse d'un nommé Petru Moldovan figurent dans le dossier. Tout le reste concerne le garage qu'il tient à La Jonquera.

— Parfait, nous avançons.

— Je vais demander au juge qu'il entre en contact avec le « ministerro fiscal », son homologue espagnol, afin d'obtenir des renseignements sur ce Roumain.

— Il nous faut plus que des informations, commissaire ! Nous devons le mettre lui aussi sur écoute, car c'est peut-être le commanditaire « X » que nous recherchons.

— J'en parlerai au juge.

— Demandez-lui aussi qu'il étende à ce Petru Moldovan notre requête auprès des autorités roumaines !

— Oui, bien sûr, confirme Roger Croussard.

— Comme nous sommes persuadés que cet homme a un lien avec Anton Petrescu, je vais me rendre à son garage de La Jonquera sous un prétexte futile, la vérification de la pression de mes pneus de voiture, par exemple.

— Je sais que vous êtes impatiente, capitaine. Attention, pas d'imprudence !

Trois quarts d'heure plus tard, Christelle Limière rejoint dans la campagne espagnole, à deux kilomètres de La Jonquera, le garage du Roumain. De loin, ce qu'elle devine sous les pins ressemble davantage à une remise agricole ou à un bâtiment industriel qu'à un garage !

À l'extérieur, sous les arbres, elle ne compte que deux voitures. Le portail principal est grand ouvert et un jeune homme brun, vêtu d'une salopette bleue, plutôt propre, s'avance vers elle.

Elle formule sa demande. Le mécanicien secoue la tête et place la Laguna au bon endroit.

Derrière une grande vitre, dans une pièce qui ressemble à un bureau, un homme d'une quarantaine d'années, le visage buriné, probablement le dénommé Petru Moldovan, la détaille. La jeune femme examine l'intérieur du garage où seulement deux véhicules stationnent, le capot levé. À part le ronronnement du moteur d'une Mercedes noire, aucun autre bruit ne vient troubler la tranquillité des lieux : pas de compresseur d'air ou de musique s'échappant d'un vieux transistor. Pas de pont élévateur non plus.

Elle se retourne : le garagiste a maintenant un portable collé à l'oreille et parle en la fixant.

Le jeune mécanicien a terminé son travail et il reçoit quelques euros de pourboire. Elle quitte le bâtiment et décide de visiter les alentours.

Elle circule à l'intérieur d'une importante zone industrielle où des grandes surfaces alimentaires et des hangars côtoient des parkings remplis de camions de toutes les nationalités.

L'atmosphère est toujours aussi lourde et pas le moindre souffle d'air pour atténuer l'impression de chaleur.

Souhaitant se désaltérer, elle se dirige vers un bar-restaurant, « Els Fogons de Canadal » et engage sa Laguna sur une petite route défoncée qui monte en serpentant entre les arbres.

Un quart d'heure plus tard, elle décide de rentrer à Perpignan et descend lentement vers la ville. La vitre baissée, le bras à la portière, elle domine les toits des entrepôts et au loin, l'autoroute bondée de semi-remorques.

À l'approche d'un virage, elle remarque un gros 4x4 noir qui monte. À l'endroit où la route est bosselée et en très mauvais état, elle ralentit et se serre sur la droite pour le laisser passer.

Tout à coup, elle entend nettement le vrombissement de son moteur surpuissant et l'accélération du véhicule.

Christelle Limière voit le pare-buffle foncer dans sa direction et elle a le réflexe d'enlever son bras gauche de la portière. Un choc violent propulse sa voiture vers un terre-plein en contrebas. Sous l'impact, le véhicule fait un tonneau dans un fracas de tôle et de grincement, et retombe sur ses roues, arrêté dans sa course par un arbre.

Dans l'habitacle, la jeune femme est bringuebalée ; sa tête heurte le pare-brise et le montant de la portière. L'agression n'a duré que deux secondes.

Elle perd la notion du temps. Très loin, dans son subconscient, elle entend plusieurs coups de feu et perd connaissance.

§

Il est 19 heures et le commissaire Croussard s'inquiète. Le portable de son adjointe ne répond pas.

« Que fait-elle ? Elle devrait déjà être là ! »

Il pénètre dans le bureau de Beauregard : aucune nouvelle. Il questionne l'accueil : pas d'appel du capitaine Limière.

Il pense qu'elle a peut-être décidé de manger en Espagne et il quitte le commissariat vers 20 heures, très anxieux tout de même.

§

Á peu près au même moment, assise à une table du restaurant « Le Clos des Lys », Emilie Ingrat s'impatiente.

Elle a déjà appelé plusieurs fois Christelle Limière sur son portable et a laissé des messages.

Ce matin, la journaliste avait parlé au téléphone avec Bertrand Grange. L'homme avait raconté son entretien de mardi matin avec la policière. Il l'avait qualifiée d'animal redoutable qui ne lâchait jamais sa proie. Elle avait même tendance à jouer avec avant de lui porter le coup fatal. Ses réflexions imagées lui avaient arraché des sourires.

Elle connaissait l'écrivain depuis deux ans. Ils s'étaient rencontrés une première fois pour la publication d'un article sur son dernier roman. Pour la remercier, il l'avait invitée au restaurant. Il ne lui avait pas fait la cour. Il voulait simplement qu'elle publie un deuxième article.

Émilie Ingrat est non seulement une très belle femme, mais elle est également brillante et elle aime par-dessus tout la franchise.

La charmante enquêtrice qu'elle attend depuis une demi-heure maintenant lui procure des petits agacements agréables.

Elle avait compris que sa nouvelle amie, sous un aspect souriant et avenant, analysait rapidement le caractère de ses interlocuteurs, pour mieux les manipuler et entendre la vérité. Elle le faisait avec beaucoup de naturel et de charme.

Le maître d'hôtel s'avance et vient troubler ses méditations.

Elle passe sa commande, puis téléphone à l'accueil du commissariat : la capitaine Limière n'était pas encore rentrée. Elle avait quitté son bureau en début d'après-midi. Que se passait-il ?

§

À 21 heures 30, Roger Croussard, à son domicile, entend son téléphone portable sonner. Le brigadier de garde au commissariat lui annonce maladroitement que Christelle Limière a été victime d'un grave accident à La Jonquera et qu'elle a été transportée en urgence à l'hôpital de Perpignan.

Pascal Roulier, du service logistique, est prévenu et il est en train de rapatrier son véhicule au dépôt car, d'après les premières observations, elle aurait été victime d'une agression en voiture. Un expert en balistique passera demain matin pour les premières constatations.

Terriblement angoissé, le commissaire arrive à l'hôpital vers 22 heures, le gyrophare hurlant sur le toit de son véhicule. Il se présente à l'accueil. Le gardien lui demande de patienter quelques instants.

« Transportée en urgence ! Mon Dieu ! »

Une infirmière s'avance. Il précise sa fonction.

— Elle est en salle d'opération et ne sera pas visible ce soir, monsieur.

— Est-ce grave ?

— Le chirurgien a constaté les dommages de deux balles : une à la cuisse droite et l'autre à la tête. Il faut attendre son rapport pour connaître la gravité de cette dernière blessure.

— Est-ce que le pronostic vital est engagé ?

— Je ne peux rien vous dire de plus, monsieur.

— À partir de quelle heure pourrai-je la voir demain matin ?

— Pas avant 8 heures.

— Merci. À demain.

— Au revoir, monsieur.

Sur le parking de l'hôpital, l'homme s'effondre sur le volant de sa voiture. Pourquoi l'a-t-il laissée partir seule à La Jonquera ?

Il aurait dû être plus ferme avec elle. Il le sait : elle est impatiente et impétueuse. Elle possède un esprit alerte et c'est une enquêtrice terriblement efficace.

« Mon Dieu, pourvu qu'elle s'en sorte ! »

Chapitre VI

Le vendredi 8 juillet 2011, Roger Croussard se présente à l'hôpital vers 7 heures 45. La nuit a été courte et les pensées les plus noires ont traversé son esprit.

Il a laissé des messages sur les portables des lieutenants Beauregard et Louche, et leur a demandé de venir le rejoindre.

Dans le couloir, à travers la vitre, il observe la capitaine Limière, allongée dans son lit ; une bande blanche lui enserre la tête et elle dort. Ses bras dénudés et posés sur le drap sont parsemés d'excoriations. Son visage fatigué présente des ecchymoses rouges et bleues. Il a d'ailleurs eu des difficultés à la reconnaître. Un tube relie son bras gauche à un volumineux appareil installé à ses côtés.

Les lieutenants arrivent.

— Bonjour commissaire. C'est arrivé quand ?

L'homme, les yeux humides, leur transmet le peu d'informations qu'il possède.

Tout à coup, une infirmière leur souhaite le « bonjour » et s'apprête à entrer dans la chambre. Roger Croussard se présente :

— J'aimerais vous parler deux minutes. Que pouvez-vous nous dire, madame ?

— Je me suis renseignée ce matin en prenant mon service. Hier soir, le doc a constaté les dégâts des deux balles. La première est entrée dans la cuisse droite ; elle n'a pas touché le fémur et laissera peu de traces. Pour la seconde, la victime a eu beaucoup de chance : la balle a frôlé sa tempe, et lui a arraché un peu le cuir chevelu. Il s'en est fallu de quelques millimètres.

— Et...

— Et bien sûr, elle a beaucoup de contusions et de coupures sur les bras, les mains, le visage et le dos. Heureusement, les radios n'ont décelé aucune complication rachidienne.

— Quand pourrons-nous voir le docteur ?

— Il va arriver vers 9 heures. La patiente est sous sédatif. Ne la fatiguez pas trop !

— Oui, bien sûr. Merci, madame. Prenez bien soin d'elle !

La thérapeute entre dans la chambre. La patiente ouvre les yeux et fait signe aux hommes d'entrer.

— Venez, messieurs, mais pas plus de dix minutes ! conseille la soignante.

À la vue des têtes effondrées et soucieuses de ses collègues, la victime ne peut retenir quelques larmes qu'elle essuie maladroitement avec son mouchoir.

— Comment allez-vous, capitaine ? demande, embarrassé et compatissant, son supérieur.

— Bof ! répond-elle en mettant ses mains devant ses yeux pour pleurer.

L'émotion est trop forte et la panique la submerge : peur d'avoir mal agi, peur de n'avoir pas écouté son supérieur, peur d'avoir pris trop de risques.

Debout, les trois hommes patientent en silence.

Un instant plus tard, Christelle Limière, rassérénée, range son mouchoir. Elle se redresse et s'est manifestement calmée.

— Comment allez-vous ?

— Ça va. Merci d'être venus ! balbutie-t-elle faiblement.

— Capitaine, vous vous souvenez de quelque chose ?

— Je revois un 4x4 noir avec un gros pare-chocs qui me fonce dessus. Et après plus rien, murmure-t-elle avec difficulté. Vous pensez que l'accident a un lien avec la mort d'Anton Petrescu ?

— Une enquête va être ouverte et la voiture est expertisée en ce moment au dépôt. Capitaine, vous devez vous reposer. Nous parlerons de cela plus tard. Je vais mettre un gardien de la paix devant votre porte de chambre et je passerai des consignes au docteur.

Le commissaire avait pourtant beaucoup de questions à lui poser.

— J'ai demandé quand je pourrai sortir. Ils n'ont pas pu me le dire.

— Vous êtes trop impatiente ! Il vous faudra du repos et probablement des séances de kiné pour votre jambe. Vous devez penser à votre santé avant tout ! ordonne son supérieur d'un ton ferme.

— Oui. Merci encore, commissaire.

— Je reviendrai vous voir en début d'après-midi. Reposez-vous !

Les deux lieutenants n'avaient pas ouvert la bouche ; ils étaient satisfaits car ils s'attendaient au pire. Les trois hommes sont conscients que la jeune femme avait bénéficié de beaucoup de chance.

La victime les regarde s'éloigner et ferme les yeux.

§

Ce matin, Joséphine Boiteux repense au mauvais tour que Thomas lui a joué. Elle a vraiment été naïve. Elle n'arrive pas à trouver sa voie et désespère de pouvoir un jour exercer le métier qui lui convient.

La jeune fille a été très touchée par la sollicitude de la capitaine de police de Perpignan. Elles n'ont pas bavardé longtemps ensemble, mais cette femme a deviné son mal-être et ses contrariétés.

Joséphine peut difficilement parler de cela à sa mère, et encore moins à son beau-père. Par contre, se confier à une personne en dehors du cocon familial et qu'elle ne connaissait pas il y a encore quelques jours, c'est envisageable.

« Très bonne idée ! » pense-t-elle.

Et elle appelle le commissariat.

§

Roger Croussard a pu parler quelques minutes avec le praticien ; ce dernier l'a rassuré.

De retour à son bureau, il organise la mise en place d'une surveillance devant la porte de sa chambre.

Puis il appelle le juge Michelet. Il lui donne des nouvelles rassurantes de Christelle Limière et explique les circonstances de l'accident, qui s'apparentent à une agression caractérisée. L'homme de loi confirme qu'il va ouvrir immédiatement une enquête et il se rapprochera de son homologue espagnol. Auprès de celui-ci, il s'inquiétera de la mise sur écoute des téléphones de Petru Moldovan.

De son côté, le commissaire appelle la Guardia Civil de La Jonquera qui lui enverra par mail les circonstances de l'accident et la déposition du témoin français arrivé le premier sur les lieux.

§

Émilie Ingrat vient d'apprendre la tragique nouvelle. Au journal, tout le monde ne parle que de l'attentat de La Jonquera impliquant une policière française. Son rédacteur en chef lui demande de s'occuper de l'article.

Elle se précipite à l'hôpital. Derrière la vitre, elle regarde son amie dormir. Son rendez-vous manqué de la veille, ses messages sans suite : elle comprend tout. Elle mesure maintenant les risques de son métier, éléments qu'elle n'avait pas bien évalués, et constate l'asthénie de la victime.

Pendant que le gardien de la paix examine sa carte d'identité, la journaliste observe avec tendresse cette agréable détective qui ne faisait que son devoir et que la violence des évènements a atteint dans sa chair.

Après l'acquiescement du vigile, elle pénètre silencieusement dans la chambre et s'assoit dans le fauteuil.

§

Christelle Limière flotte dans un monde ouaté de bien-être.

Elle conduit un gros pick-up noir muni d'un pare-buffle et sillonne la savane à la recherche d'animaux blessés. Il faudra qu'elle vérifie la pression de ses pneus.

Ce qui la gêne, c'est qu'elle est là sans l'autorisation formelle de son patron. Pourquoi ne l'a-t-elle pas écouté ? Il aurait dû lui expliquer le danger qui la guettait à chaque virage.

Pourquoi n'arrive-t-elle plus à contrôler son véhicule ? Et ce volant qu'elle ne peut plus tourner ! Elle sent son corps planer dans l'habitacle et il ne cesse de tourner sur lui-même, comme un pantin désarticulé.

Elle entend plusieurs claquements sourds dans le lointain. Pourquoi s'en prennent-ils toujours aux animaux sauvages ? Le long de sa jambe, le suintement d'un liquide tache son pantalon et une goutte perle à son front.

Enfin, une main vient à son secours. Elle la serre et ses doigts sont maintenant noués dans ceux de son sauveur.

Elle respire. Elle le sait, elle est tirée d'affaire.

C'est le repos qu'elle attendait depuis longtemps ! Elle s'accroche à cette main comme à une bouée de sauvetage.

Elle sait qu'elle s'en sortira !

Une présence à ses côtés la réveille.

— Oh ! Bonjour Émilie, articule péniblement la victime.

— Bonjour Christelle.

— C'est gentil d'être venue !

— Comment allez-vous ?

— Ça va. Le médecin m'a dit que j'avais eu beaucoup de chance. Pardonnez-moi pour le restaurant hier soir ! murmure-t-elle d'une faible voix.

— Ce n'est que partie remise !

La capitaine prend conscience que leurs mains sont encore étroitement enlacées l'une dans l'autre.

— J'ai dû rêver, chuchote-t-elle comme pour s'excuser, en détachant sa main meurtrie de celle de la journaliste.

— Vous devez être fatiguée ! admet cette dernière.

— Restez ! Ça me fait plaisir que vous soyez là !

— Vous souvenez-vous de quelque chose ?

— Oui. Mais une enquête va probablement être ouverte et je ne peux pas vous en dire davantage.

Émilie Ingrat insiste :

— Nous savons qu'il s'agit d'une agression à la « voiture bélier », comme pour un hold-up dans une banque. Vous confirmez ?

— Ce n'est pas bien de torturer une pauvre malade sur son lit d'hôpital !

La chroniqueuse sourit et comprend que la victime ne peut pas trop s'épancher.

— Je me suis renseignée auprès du docteur et le diagnostic est plutôt rassurant. Je vais vous laisser vous reposer. À bientôt.

— Merci encore d'être venue. À bientôt.

Plus tard, Christelle Limière repensera à son rêve.

« Troublant. C'est peut-être une oniromancie ! »

§

Catherine Boiteux vient d'apprendre l'attentat de la bouche de sa fille. Elle lui a demandé de se renseigner. Elle espère que cela n'a rien à voir avec l'homicide de son amant.

La capitaine Limière lui avait fait une excellente impression lors des deux interrogatoires. Elle l'avait jugée directe, honnête et humaine.

Bertrand Grange avait fait le même constat. Hier, au téléphone, l'écrivain l'avait aussi qualifiée de redoutable enquêtrice.

Tout à coup, la sonnette de la porte d'entrée retentit ; elle n'attend pourtant personne en cette fin de matinée. Tiens, le lieutenant Beauregard !

— Bonjour madame Boiteux. Je peux vous parler quelques minutes ?

— Bien sûr, entrez !

Une fois installé à l'ombre, sur la terrasse, l'homme sort son carnet :

— Je continue d'enquêter sur le meurtre d'Anton Petrescu. Et j'ai encore quelques questions à vous poser.

— Je vous écoute.

— Je veux revenir sur vos rapports avec la victime. Rencontriez-vous toujours votre amant à son domicile ?

— Oui, toujours. Comme je l'ai précisé lundi dernier, nous nous retrouvions chez lui.

Elle remarque que la question lui avait déjà été posée.

— Vous faisait-il des cadeaux de temps en temps ?

— C'est-à-dire ?

— Il aurait pu vous offrir des fleurs ?

— Non, ce n'était pas du tout son genre.

— De quoi parliez-vous lors de vos rencontres ?

— Nous parlions peu ; et surtout pas de son travail, comme je vous l'ai d'ailleurs déjà dit.

La bijoutière ne comprend pas ce que cherche le policier. Elle sent l'homme mal à l'aise. Ses circonlocutions l'étonnent. Elle a l'impression qu'il tourne autour du pot.

« Il ne prend aucune note sur son carnet, et il n'a pas présenté l'interrogatoire, comme l'avait fait sa supérieure ! » constate-t-elle.

De son côté, Philippe Beauregard observe l'agacement de l'interviewée et décide d'être plus direct.

— Est-ce qu'Anton Petrescu vous aurait confié quelque chose de personnel ?

— C'est-à-dire ?

— Un document, des lettres ou autre chose ?

— La capitaine Limière n'est pas avec vous ?

— Non, elle a eu un empêchement ce matin.

« Tu parles d'un empêchement ! Quel euphémisme ! » pense-t-elle.

Beaucoup d'interrogations sur cet entretien informel et singulier perturbent la bijoutière. Elle choisit de répondre d'une façon évasive à ces surprenantes questions.

Elle prend son temps.

— Alors ? demande-t-il au bout de quelques secondes.

— Non, il ne m'a rien confié.

— Vous savez que nous pouvons procéder à une perquisition et fouiller toutes les pièces de votre maison.

— Ça, je le sais, lieutenant. Et je sais aussi qu'il vous faut un mandat validé par le juge d'instruction. Et bien sûr, l'accord de... du commissaire Croussard.

L'homme s'immobilise et la fixe.

« Elle a l'air de connaître le commissaire. L'entretien ne se passe pas comme prévu ! »

— Bien, nous allons en rester là. Merci de m'avoir si gentiment reçu ! annonce Philippe Beauregard.

— Je vous en prie.

Penaud, il se lève et quitte le domicile de Catherine Boiteux.

§

À l'hôpital de Perpignan, l'infirmière vient de terminer les soins. Un peu plus tôt, pour la première fois, Christelle Limière a observé les dommages de la balle sur sa cuisse et les meurtrissures sur son visage et ses bras. La soignante lui a confirmé qu'elle aura droit à quelques séances de kiné.

— Et vous serez sage avec le beau José. Vous lui préciserez bien qu'il ne doit vous masser que la cuisse droite ! avertit Colt en rigolant.

— Pourquoi vous appelle-t-on Colt ?

— Il paraît que, dans ma jeunesse, j'étais aussi rapide qu'une balle. Enfin, c'est ce que disaient les garçons !

La capitaine avait sûrement hérité de l'infirmière la plus amusante et la plus souriante de l'hôpital. Elle chantonnait dans le couloir et elle était toujours la première à plaisanter.

Elle l'avait entendue dire :

« Quand vous faites rire un patient, il est déjà à moitié guéri ! »

— Vous me disiez qu'il est beau !

— Écoutez, Christelle ! Je peux vous appeler Christelle ?

— Oui, bien sûr.

— Je ne vous le présenterai pas, mais vous comprendrez en le voyant. Et il fait très bien l'amour.

— Comment le savez-vous ?

— Je ne crois pas qu'une femme de cet hôpital ait pu résister à ses avances. Et il est bien plus beau que ça ! affirme-t-elle en regardant la vitre derrière laquelle un homme aux cheveux grisonnants, en costume et cravate, observe les deux femmes, sans les entendre.

La thérapeute ouvre la porte :

— Entrez, monsieur ! Ne la fatiguez pas trop ! Le kiné va s'occuper d'elle bientôt.

Christelle Limière sourit tandis que l'homme pénètre dans la chambre.

— Bonjour, capitaine. Je suis le juge Michelet.

— Bonjour, monsieur le juge.

— Comment allez-vous ?

— Ça va mieux. Tout le monde me dit que j'ai eu beaucoup de chance.

— Oui, je vous le confirme. Vous êtes nouvelle dans la région, et c'est regrettable de se rencontrer dans une telle circonstance.

— On ne choisit pas toujours le meilleur moment !

La jeune femme narre sa visite au garage de Petru Moldovan et détaille l'agression dont elle a été victime.

— Pour votre information, sachez que nous avons ouvert une enquête en accord avec la police espagnole. Votre véhicule est au dépôt entre les mains des experts. Nous sommes surtout contents que vous vous en sortiez si bien !

— Merci, monsieur le juge.

— Le commissaire Croussard vous apprécie beaucoup et il m'a dit que vous faisiez un travail remarquable.

— Merci. Vous pensez que l'attentat a un rapport avec nos investigations sur l'homicide d'Anton Petrescu ?

— À première vue, oui, puisque vous étiez personnellement visée et c'est l'enquête qui nous préoccupe tous actuellement. J'ai effectué une demande pour mettre les téléphones de Moldovan sur écoute, mais la réponse des Espagnols se fait attendre.

La capitaine se doute que les policiers ibériques souhaiteront en savoir davantage sur l'enquête.

— Ah !

— Donc, capitaine, plus de sortie toute seule ! Quand vous quitterez l'hôpital, nous placerons une voiture devant votre domicile.

— Vous pensez que c'est nécessaire, monsieur le juge ?

— Oui. Tant que cette affaire ne sera pas résolue, nous souhaitons vous protéger. Agir de la sorte dénote beaucoup de violence. Ce sont les méthodes du grand banditisme !

— Je suivrai vos conseils.

— Surtout, reposez-vous bien, et n'essayez pas d'anticiper votre sortie !

— Bien sûr. Merci d'être venu me voir, monsieur le juge.

— À bientôt, capitaine.

§

À peu près à la même heure, au commissariat de Perpignan, Roger Croussard lit les informations transmises par la Guardia Civil sur le dénommé Petru Moldovan.

En quelques années, le Roumain s'est fait une déplorable réputation dans toute cette province du nord de l'Espagne. Son garage semble être une couverture et il « exploite » quelques filles sur les parkings de La Jonquera et aux alentours. Son installation ne s'est d'ailleurs pas passée dans le calme. Il a bousculé les habitudes et la police espagnole a souvent dû intervenir. Quelques plaintes ont été déposées, mais elles ont été vite retirées. L'argent peut arranger bien des conflits.

Il semble avoir des accointances avec les milieux mafieux de Barcelone. Il a été entendu plusieurs fois, mais aucune charge n'a été retenue contre lui.

Le commissaire vient de terminer sa lecture quand son téléphone fixe sonne :

— Roger Croussard à l'appareil !

— Pascal Roulier à la logistique. Je suis avec l'expert en balistique. Nous avons fait des découvertes surprenantes sur la Laguna. Vous devriez venir voir ça, commissaire !

— J'arrive.

Dix minutes plus tard, devant l'épave cabossée et partiellement couverte de terre et d'herbe, percée de multiples trous, dont le pare-brise et les vitres font défaut, l'expert commente ses trouvailles en se dirigeant vers le côté conducteur :

— Regardez, commissaire ! Vous voyez l'impact sur la portière ? Une tôle enfoncée dans un tel état ne peut provenir que d'un choc volontaire ; nous n'avons d'ailleurs aperçu aucune trace de freinage sur la chaussée. Remarquez le profil du pare-buffle sur la carrosserie, ici et là !

— Oui, je vois.

— Autre chose. L'arme de poing d'abord : un revolver semi-automatique 9 mm ; c'est un modèle très courant dans le milieu de la pègre espagnole et française, comme vous le savez.

— Oui. Les balles ?

— Ce sont des armes à dix-sept munitions et nous avons dénombré seize impacts dans la carrosserie et à l'intérieur du véhicule, dont deux ont touché le corps de la victime.

— Et la dix-septième balle ?

— Je suppose que le tueur n'a pas eu le temps de la tirer. Il a été dérangé par un randonneur français. Je crois qu'il est arrivé à temps !

Les aveux de l'expert en balistique bouleversent le commissaire.

— Ça ressemble à une exécution ! commente tristement celui-ci.

— Oui, tout à fait. La capitaine Limière a eu beaucoup de chance. Sous le choc latéral, sa ceinture de sécurité s'est détachée, et c'est ce qui l'a sauvée. Les pompiers l'ont trouvée recroquevillée par terre, au niveau des jambes côté passager. Si elle était restée à sa place, elle aurait été abattue à bout portant.

Roger Croussard mesure l'aubaine dont a bénéficiée son adjointe.

— Et la position du tireur ?

— Voici les photos qui ont été prises ! La Laguna a donc fait un tour complet sur elle-même et elle est retombée sur ses roues. Le tueur a commencé à tirer à environ six mètres du véhicule. Puis il s'est rapproché et a continué à faire feu sur la conductrice.

Le technicien montre des traces de sang qui maculent le revêtement du siège passager et du tableau de bord.

— Oh !

— Et vous n'avez encore rien vu, commissaire ! ironise Roulier.

L'homme actionne le pont élévateur de façon à regarder sous la voiture. Ils s'approchent d'un emplacement entouré à la craie :

— Vous voyez cette trace claire sous le plancher ! Ce petit rectangle correspond à la place d'une balise de surveillance, une sorte de GPS en temps réel, bien sûr waterproof et à longue autonomie. Nous l'avons détachée du véhicule pour l'examiner, mais je pense que son analyse restera vaine. Les quatre points que vous apercevez ici sont les marques des aimants. Un tel matériel est en vente libre sur Internet.

— Ce qui veut dire que la capitaine était constamment surveillée ! Il est possible de savoir depuis quand la balise a été installée ?

— À la vue des traces, je dirais depuis plusieurs jours.

— C'est-à-dire au début de notre enquête sur Anton Petrescu. Des empreintes ?

— Le tueur n'a pas touché la carrosserie et il devait porter des gants. Ce n'était pas un amateur. Voila un résumé de mes remarques les plus importantes. Vous recevrez mon rapport écrit demain matin, commissaire.

— Merci, messieurs.

Anéanti par ce constat déconcertant, le commissaire, hagard, quitte le dépôt et décide de se rendre directement à l'hôpital.

§

Pendant ce temps, allongée dans son lit, Christelle Limière remarque que son état physique s'améliore et les visites d'Émilie, du commissaire et du juge lui font prendre conscience que personne ne l'oublie.

De plus, elle a bavardé avec sa mère au téléphone durant une demi-heure et ses parents viendront la voir ce week-end. Elle les a rassurés et la voix apaisante de sa maman lui a arraché quelques larmes.

Pendant qu'elle parlait, un homme en blouse blanche s'est arrêté derrière la vitre et l'a observée.

— Mon Dieu, comme il est beau ! Ce doit être José, pensa la victime, qui attendit cinq secondes, la bouche ouverte, avant de reprendre la conversation avec sa correspondante.

Un visage digne d'une statue grecque, comme celles qui peuplent nos livres d'histoire !

Elle a à peine raccroché son téléphone que Roger Croussard entre ; il devait attendre à la porte.

L'homme remarque que son bandage à la tête s'est transformé en un étroit pansement et qu'une zone de ses cheveux bruns a été rasée.

— Bonjour, capitaine. Vous avez retrouvé le sourire !

— Bonjour, commissaire. Je me suis entretenue avec ma maman au téléphone et ça, c'est le meilleur des remèdes. Le juge Michelet est passé me voir.

— Vous voyez, tous vos proches viennent aux nouvelles !

La malade a une pensée pour Émilie.

Les bras du fauteuil l'accueillent et l'homme montre le document de la police espagnole concernant Petru Moldovan, que la jeune femme lit attentivement.

Puis il parle du rapport de l'expert en balistique. Au fur et à mesure des commentaires, les yeux et la bouche de la victime s'agrandissent.

— Mon Dieu ! dit-elle.

— Donc, vous voyez, nous parlons bien d'un attentat. Où êtes-vous allée à La Jonquera ?

— D'abord, au garage de Petru Moldovan pour vérifier la pression de mes pneus.

— Vous aviez la balise depuis plusieurs jours, donc ce n'est pas à ce moment-là qu'elle a été installée.

— Depuis un bureau, un homme d'une quarantaine d'années me surveillait en parlant au téléphone. C'était probablement le Roumain !

— Oui, sûrement. Il a pu donner votre signalement, le type et le numéro de votre voiture. Et après ?

— Ensuite, je suis allée boire un verre au café-restaurant « Els Fogons de Canadal » sur les hauteurs de La Jonquera, et c'est en descendant que l'agression est survenue.

— À part le pare-buffle d'un gros 4x4 noir qu'un témoin a confirmé, vous souvenez-vous d'autre chose ?

— Non. J'ai perdu connaissance à la suite du choc.

Le commissaire patiente quelques secondes en réfléchissant.

— Nous allons mettre l'enquête en stand-by en attendant votre rétablissement. Peut-être le temps de recevoir des informations de Roumanie concernant les deux hommes ! Et aussi celles des écoutes téléphoniques et des filatures des personnes surveillées. D'après le médecin, vous devriez sortir en début de semaine prochaine, lundi ou mardi. Ils vous donneront des béquilles ou une canne, et vous aurez aussi quelques séances de kiné.

Cette dernière phrase fait sourire la jeune femme.

— J'ai un classeur sur mon bureau où je range toutes les dépositions et les rapports, et on y a peut-être ajouté de nouveaux éléments. Je pourrais éventuellement les étudier ici ?

— Vous savez que c'est contraire à notre règlement, capitaine. Mais, comme vous bénéficiez d'un garde devant votre porte, nous ferons une exception. Le lieutenant Louche m'a confié qu'il passera vous voir demain matin. Il vous l'apportera.

— Parfait.

— Je vais vous laisser vous reposer. Je passerai lundi matin, capitaine. Au revoir.

— Merci encore, commissaire.

Roger Croussard sort de la chambre.

Dans le couloir, il voit venir vers lui une jeune fille aux courts cheveux blonds. Après l'avoir croisée, il se retourne et un rictus s'affiche au coin de sa bouche. La demoiselle ne s'en apercevra pas.

À travers la vitre, la patiente fait signe à l'agent de surveillance afin qu'il laisse entrer Joséphine Boiteux. Timidement, elle pénètre dans la chambre et répond à l'invitation de la malade qui lui montre le fauteuil.

— Bonjour, Joséphine.

— Bonjour. Comment allez-vous ?

— Mieux. Je m'en sortirai.

— J'ai lu dans le journal que l'on vous avait tiré dessus, c'est vrai ?

— Tiens, regarde !

Christelle Limière repousse le drap et montre le pansement sur sa cuisse. Elle remarque que, dans le couloir, le vigile essaie aussi d'en voir davantage.

— Oh ! Et ça fait mal ?

— Oui, un peu, mais il faut serrer les dents. Je suis très contente que tu viennes me voir. Je souhaite te parler, mais il ne faut pas me regarder comme une policière. Considère-moi comme une amie !

— Je vais essayer.

— Parle-moi d'abord de toi ! Que vas-tu faire en septembre ?

— Je ne sais pas encore. Rien ne me plaît.

— J'ai compris que tu n'étais pas en bons termes avec ton beau-père. Il faut que tu comprennes que tu as bénéficié d'une chance inouïe d'avoir été élevée dans un grand confort et dans d'excellentes conditions.

La jeune fille se détend un peu et opine de la tête :

— Oui, je sais. Mais son autorité me gêne quelquefois ; et ce n'est pas mon père !

— As-tu cherché à savoir qui était ton père ?

— Maman n'a jamais voulu me le dire.

— Tu sais pourquoi ?

— Non.

Christelle Limière prend le temps de la réflexion. Elle repense à sa rencontre à Carcassonne avec Thomas.

— Maintenant, nous allons avoir une discussion entre femmes et je vais te donner quelques conseils. Quand tu remarques un garçon qui te plaît, ne le lui montre pas ! Sans être totalement indifférente, bien sûr. Laisse-le venir vers toi !

— C'est ce que j'aurais dû faire avec Thomas !

— Oui, peut-être. Si tu veux rencontrer des personnes intéressantes, ne les juge pas uniquement sur leur physique ! Fais-les parler et pose des questions ! Comme ça, tu en apprendras davantage sur eux et tu sauras s'ils te disent la vérité ou s'ils te mentent !

— Oui. Je suis trop naïve. Au fait, vous avez retrouvé les bijoux ?

— Non. Ça prendra du temps ! ment la capitaine.

Elle comprend que Joséphine manque de confiance en elle. La patiente lui prend les mains.

— Tu es une jeune fille charmante, tu as une vie saine, une mère qui t'aime et ton beau-père aussi t'aime beaucoup ! Que veux-tu d'autre ?

— Vous avez raison. Je ne pense qu'à moi ! répond-elle en baissant les yeux.

Obligée de se livrer et de se mettre à nu, l'étudiante sent monter en elle des sanglots et se tourne pour pleurer. Rarement une personne n'avait été aussi directe et franche avec elle.

— Non, ne pleure pas ! Viens que je te serre dans mes bras !

La malade se redresse sur son lit, ouvre les bras et étreint Joséphine, qui s'était levée.

— En fait, ce qu'il te manque, c'est de l'affection !

— Cette relation et cette liberté de parole, je ne les aies pas avec ma mère, remarque-t-elle en s'asseyant de nouveau.

— Mais c'est aussi à toi de les provoquer ! Tu sais, j'ai vingt-neuf ans et ma maman va venir me voir demain. J'ai vraiment hâte de la serrer dans mes bras. Je sais qu'elle me prendra les mains et nous bavarderons longtemps toutes les deux.

— C'est très gentil ! Pourquoi faites-vous tout ça pour moi ?

— Parce qu'à ton âge, j'étais comme toi : je n'avais pas de situation, pas d'avenir, et surtout je n'avais pas confiance en moi. Tu dois trouver toute seule la solution à tes problèmes. Est-ce que tu vas voir ton beau-père travailler quelquefois ?

— Non.

Christelle Limière sent Joséphine très réceptive. Elle sait que les jeunes filles écoutent davantage leurs amies ou leurs confidentes que leurs parents.

— Pourquoi ? Tu n'aimes pas les bijoux ?

— Si, beaucoup.

— De quelle couleur est un rubis ?

— Rouge, répond-elle en souriant.

— Et une améthyste ?

L'étudiante réfléchit et fixe un point sur le mur.

— Ça, c'est une question plus difficile. Violette ?

— Bravo. Moi, à ta place, je prendrais la suite de mon père.

— De mon beau-père.

— Il t'aime beaucoup et lui te considère comme sa fille.

— Je vous promets de faire des efforts. Je vous remercie pour tous vos conseils. C'est vraiment sympa de votre part. Je vais vous laisser vous reposer.

— On se fait la bise ?

Les deux femmes s'embrassent.

— Au revoir.

— À bientôt, Joséphine.

Dans le couloir, à travers la vitre, la jeune fille agite sa main en direction de la malade, qui lui rend son salut.

Un peu plus tard, un homme en blouse blanche pénètre silencieusement dans la pièce et se positionne au pied de son lit. Il saisit la fiche accrochée à un montant et parcourt du regard les informations. Puis il sourit à la malade qui a les yeux et la bouche grands ouverts :

— Bonjour, je suis votre kiné. Avez-vous commencé à marcher ?

— Oui. Hier soir et ce matin, Colt m'a aidée à faire quelques pas dans le couloir.

— Bien. Euh, vous… vous êtes dans la police, je crois ?

— Oui.

L'homme paraît hésitant.

— J'ai été briefé par mon patron hier matin. Il a reçu un appel du procureur de la République vous concernant. Il vous a qualifiée de « personne importante ». Vous avez même un garde du corps devant la porte de votre chambre.

— Méfiez-vous, si vous ne faites pas ce que je veux, vous allez finir en prison !

La jeune femme éclate de rire. José la regarde en souriant ; il se décontracte un peu.

— Je peux voir la plaie de la balle ?

— Bien sûr.

La patiente repousse le drap et montre le haut de sa cuisse. L'homme s'avance et soulève le pansement. Il observe attentivement la blessure.

— C'est bon. Nous pouvons commencer les séances. Pourrais-je vous voir marcher ?

— Bien sûr.

José lui tend la main pour l'aider à descendre du lit.

Elle fait quelques pas incertains, en s'appuyant sur le bras du praticien.

— Tenez-vous au montant du lit et avancez vers moi !

Elle comprend qu'il veut la voir déambuler sans assistance. Elle fait quelques pas chancelants.

— Ça devrait aller vite ! Je vous donnerai une canne au lieu de deux béquilles.

Le kinésithérapeute l'aide à regagner son lit.

— Nous ferons une séance par jour. Demain à 11 heures, ça vous convient ?

— C'est parfait. Je ne sais pas ce que l'on vous a dit à mon sujet, mais je ne suis pas une personne importante. Je veux que vous me traitiez comme une patiente habituelle.

— Je vais essayer. Il y a un bel article de l'accident sur *L'Indépendant* d'aujourd'hui.

— Je ne l'ai même pas lu.

José se détend un peu.

— Je vais le chercher.

Une minute plus tard, il revient avec le journal et une canne.

— Merci.

Il est ouvert à la bonne page et l'article est entouré au marqueur noir.

La policière note tout de suite la signature de la journaliste : Émilie Ingrat. Celle-ci détaille l'accident et les blessures. Dans un style très libre et emphatique, elle met en valeur le caractère volontaire et l'héroïsme de cette capitaine de police qui, « au péril de sa vie, brave tous les dangers pour parvenir à ses fins ».

— Elle pousse un peu, Émilie !

— Vous la connaissez ?

— Oui. Elle a tout, cette femme : beauté et intelligence ! remarque-t-elle.

Le kiné sourit et reprend le journal :

— À demain 11 heures ?

— Oui. Où est votre salle ?

— Au fond du couloir, à droite. Voulez-vous que je vienne vous chercher ?

— Non. Avec ça, je me débrouillerai, répond-elle en lui montrant la canne.

§

Pendant ce temps, au commissariat de Perpignan, Jacques Louche a terminé son travail d'identification des voleurs de voitures.

Au domicile de chaque plaignant, le portraitiste, aidé de sa valise, avait montré différentes couleurs et longueurs de cheveux, un large échantillon de forme des yeux, du nez et de la bouche. Une fois, le couple de vendeurs n'avait pas été d'accord. Perez avait privilégié les remarques de la femme, plus curieuse et plus observatrice. Les hommes parlaient souvent mécanique et usure du véhicule.

Cinq portraits de couple avaient été reproduits.

Le lieutenant les présente à Roger Croussard qui les étale sur la table. Il prend le temps de l'observation et de la réflexion :

— Vous ne trouvez pas que quatre portraits se ressemblent ?

Il les place les uns sous les autres. En effet, autant pour l'homme que pour la femme, une ressemblance existe, même si quelques détails diffèrent.

— Oui, je suis de votre avis. Les jugements de ce dernier couple de vendeurs étaient différents et Perez a eu beaucoup de mal à établir un portrait, précise Jacques Louche en montrant le cliché restant. Je me souviens que l'homme a tenu tête à sa femme.

— Gardez-les précieusement ! Nous en parlerons tous ensemble. Dès que la capitaine sera là, nous organiserons une réunion. Tout à l'heure, l'informaticien m'a confié son rapport, qui est surprenant. Dites à la secrétaire d'en faire une copie pour tout le groupe !

— Bien, commissaire.

§

Á Argelès, dans sa voiture garée sur le parking, Petru Moldovan attend Alexandre Boiteux. Il a reçu des informations importantes de son correspondant français. Il veut montrer son autorité au bijoutier, sans le brusquer. Il a besoin de lui et de ses talents d'orfèvre. La qualité de son travail a eu l'assentiment de quelques éminents spécialistes espagnols.

Avec toujours le même rituel, le commerçant n'a même pas été surpris de l'entrée du Roumain dans sa voiture.

— Alors, as-tu avancé dans la recherche du meurtrier d'Anton ?

— Non. Mais c'est normal, puisqu'une policière a eu un grave accident de voiture et que l'enquête est momentanément suspendue !

— Je ne te parle pas de l'enquête de la police française, mais de la tienne !

— …

— J'ai pensé à une retenue financière pour compenser la perte des bijoux par la faute de ta femme.

— Ah bon !

— Au lieu de cinq mille euros par kilo, tu toucheras mille euros.

Alexandre Boiteux fait un rapide calcul. Passer autant d'heures d'un tel travail de précision pour toucher aussi peu d'argent ne lui paraît pas raisonnable. En outre, les investigations de la police et les risques sont devenus beaucoup plus importants.

— Je crois qu'il faut arrêter notre collaboration tout de suite.

— Tu préfères que je m'occupe de ta fille ! C'est ça ?

— Écoute Petru ! Depuis la mort d'Anton et la déclaration du vol des bijoux, les flics tournent autour de ma famille : Joséphine les a rencontrés, Catherine a été interrogée deux fois et moi aussi. Tu comprendras que je ne peux accepter ta proposition.

— Je te propose la moitié, c'est-à-dire deux mille cinq cents euros. Il faut que je compense cette perte.

Le bijoutier imagine que, derrière le Roumain, d'autres malfrats commanditaires tirent les ficelles de cette transaction illicite, et Petru Moldovan doit avoir des comptes à rendre. Dans ce milieu, les traîtres ne sont pas acceptés.

— À une seule condition : il faut fixer tout de suite la durée de ton offre !

En fin négociateur, Alexandre Boiteux sait que, face à une concession, une contrepartie doit exister. Et pour couper court à tout « marchandage de foire », il prend les devants :

— Je fais l'effort sur une durée de deux semaines et je ne peux pas faire davantage. Donc, à partir du 23 juillet, nous reviendrons à cinq mille euros le kilo. Voilà, c'est ma dernière proposition !

— Tu es un malin, bijoutier !

Le commerçant prend la remarque du Roumain pour une acceptation.

— Qui va remplacer Anton pour l'approvisionnement des bijoux ?

— Tu es surveillé par les flics, ainsi que ta femme. Une Espagnole, Mercedes, se présentera dans ton magasin. Elle ira directement vers toi. Elle fera semblant de se renseigner au sujet d'une montre et elle te donnera le sac de bijoux.

— Comment sais-tu que nous sommes surveillés ?

— Ça, ce n'est pas ton problème ! Mais ne fais pas de zèle, sinon tu sais ce qui arrivera à ta fille ! Mercedes te donnera un rendez-vous pour la reprise des bijoux et je ne veux pas de coups de téléphone entre vous. Tous tes téléphones sont sur écoute. Dis tout ça à ta femme ! Compris ?

— Oui.

— Salut.

— Au revoir.

Les deux hommes se serrent la main, plus pour valider leur nouveau marché que pour se saluer.

Petru Moldovan sort de la voiture. Il sait depuis la veille qu'une partie des bijoux a été retrouvée par les policiers français, mais ceux-ci n'ont pas voulu ébruiter l'information. Il demandera à Mercedes de récompenser son indicateur.

De son côté, le bijoutier découvre que toute sa famille fait maintenant l'objet d'une étroite surveillance. Cette nouvelle situation le contrarie et il devra y réfléchir.

Chapitre VII

Le samedi 9 juillet, à l'hôpital de Perpignan, l'infirmière ouvre bruyamment la porte de la chambre et réveille la patiente.

— Madame Christelle a bien dormi ?

— Très bien, Colt. Vous me mettrez deux croissants avec mon café !

— Mais bien sûr, « princesse » !

Les deux femmes éclatent de rire.

— Qu'avez-vous raconté à José ? Je l'ai trouvé très coincé hier.

— En fait, on lui a fait une blague. Le coup de fil du procureur, ce n'est pas vrai. Et j'ai l'impression qu'il a marché !

— Il a même couru !

— Vous verrez, il sera plus à l'aise à 11 heures.

Christelle Limière se sent mieux ce matin : la douleur à sa cuisse s'estompe et, de temps en temps, seuls quelques tiraillements à la tête la gênent et lui rappellent l'agression.

Dans la salle d'eau, elle observe son visage encore marqué.

Plus tard, les pansements sont changés. Tout est prétexte à plaisanter et les deux complices blaguent souvent. Colt ne se départ jamais de sa bonne humeur contagieuse.

Aux alentours de 9 heures, Jacques Louche pénètre dans la chambre. Il apporte un classeur d'une main et de l'autre, un petit paquet qu'il tend à la malade.

— Bonjour, capitaine.

— Bonjour, lieutenant. Oh, c'est gentil !

Elle ouvre le cadeau qui dévoile des confiseries régionales : les bonbons aux cerises de Céret.

— Merci beaucoup.

— Comment va notre super-héroïne ?

— Elle va me mettre mal à l'aise avec son article. Merci de m'avoir apporté mon classeur.

— Je vous ai ajouté la liste des contacts téléphoniques des quatre derniers mois des époux Boiteux et d'Anton Petrescu, ainsi que celle du portable de Thomas qui n'apporte d'ailleurs rien sur l'affaire. Et la retranscription de son interrogatoire qui est arrivée au courrier hier. Par contre, le rapport de l'informaticien sur les bijoux de Carcassonne est beaucoup plus passionnant.

— Je vais analyser tout ça.

— J'y ai joint mon rapport sur le travail du portraitiste. Savez-vous quand vous sortirez, capitaine ?

— Probablement lundi matin.

— Je constate que vous avez bien meilleure mine !

La jeune femme veut profiter de la présence du lieutenant pour lui parler de son collègue :

— Oui, ça va mieux, Merci. Vous avez vu Beauregard hier ?

— Nous nous sommes croisés.

— Vous vous entendez bien avec lui ?

— Vous savez, capitaine, il parle toujours de son fric, de ses locations d'appartements à Canet et de sa Porsche Cayenne. Entre nous, c'est plutôt « bonjour » et « bonsoir ».

— Que savez-vous d'autre sur lui ?

Entre eux s'est installée une relation de confiance, probablement depuis qu'ils ont collaboré sur l'enquête du meurtre sur le GR10, l'année dernière.

— Il se murmure dans le commissariat qu'on l'aurait aperçu avec Véra Weber, bras dessus, bras dessous.

— Véra, c'est la secrétaire des stups ?

— Oui. Il a même essayé de draguer la secrétaire du commissaire.

— Ah ! C'est un coureur de jupons !

— Il a bien dû tenter sa chance avec vous, capitaine ?

— Oui et je l'ai rabroué sèchement !

Jacques Louche sourit car il s'attendait à une telle réaction de sa supérieure.

Plus tard, il quitte l'hôpital.

Dès son départ, Christelle Limière se jette sur son classeur. Elle avait vraiment hâte de se replonger dans l'enquête.

Elle se redresse sur son lit et étale les pièces écrites sur les draps. Afin de s'organiser, elle dispose devant elle quatre piles : les pièces directement liées à l'homicide d'Anton Petrescu, celles concernant les bijoux de Carcassonne, les informations sur son agression et enfin les éléments des vols de voitures, même si elle ne pense étudier ces derniers que s'il lui reste du temps.

La patiente saisit le premier dossier et commence sa lecture. Elle constate qu'elle n'a rien reçu sur les écoutes téléphoniques et les surveillances des suspects : les techniciens ont besoin de temps pour la planification et la mise en place.

Puis elle consulte la liste des appels téléphoniques de Catherine Boiteux ; le lieutenant Beauregard a eu la bonne idée de noter le nom des correspondants en face des numéros. Avec Anton, son mari ou sa fille, les conversations de la bijoutière sont plutôt courtes. Celles passées à son amant ont commencé le lundi 9 mai et se sont terminées le lundi 4 juillet au matin. Avec son ami Bertrand, elles ont une durée beaucoup plus longue, toujours plus de trente minutes et en milieu de matinée ou d'après-midi. Bien sûr, des noms de commerçants sont listés, mais cela n'a rien de surprenant.

La capitaine pense aux notes qu'elle avait prises le soir du drame, à son bureau, avant que ne disparaisse le portable de Catherine Boiteux.

La liste des appels de l'écrivain n'est pas passionnante ; apparaissent, bien sûr, de longs bavardages avec son amie Catherine, quelques entretiens avec son éditeur, la journaliste Émilie Ingrat, et des contacts avec des commerçants, comme le garage Renault de Cabestany.

Celle d'Alexandre Boiteux présente peu d'intérêt : des fournisseurs et des clientes presque exclusivement, sa femme une à deux fois par jour.

Par contre, outre ses communications brèves avec sa maîtresse, les appels d'Anton Petrescu indiquent qu'il téléphonait souvent au même numéro en Espagne. Ce pourrait être celui de Petru Moldovan ! Il est dommage que le lieutenant n'ait pas mentionné le nom de son correspondant espagnol : peut-être attend-il l'autorisation des autorités de ce pays ?

Et le portable d'Anton ?

« L'assassin est probablement venu le récupérer et c'est pour cette raison que nous ne l'avons pas trouvé à son domicile », pense l'enquêtrice qui sort son carnet pour prendre des notes.

Enfin elle se penche sur la deuxième pile de documents : celle des bijoux de Carcassonne. Elle délaisse le rapport sur l'interrogatoire de Thomas et ouvre celui de l'informaticien dans sa prospection sur Internet.

Oh ! Les découvertes de Jordi sont surprenantes !

Après des recherches qui ont duré plusieurs heures, le spécialiste affirme, photographies à l'appui, que les joyaux dérobés par l'étudiant toulousain proviennent d'un vol spectaculaire dans un palace de Cannes, lors du dernier festival cinématographique. Elle se souvient avoir lu quelques articles sur cette rocambolesque escroquerie.

Afin de conforter ses soupçons, Jordi avait contacté le commissariat central de la ville de la Côte d'Azur, qui lui avait envoyé des clichés et des descriptifs détaillés de ces magnifiques parures de haute joaillerie.

L'informaticien a comparé ces photos avec les bijoux qu'il avait sous les yeux : la ressemblance était éloquente et leur provenance ne faisait maintenant plus de doute.

Comment des joyaux d'une telle valeur s'étaient-ils retrouvés dans le coffre de la voiture d'une bijoutière d'Argelès-sur-Mer ?

Et surtout pourquoi ?

Est-ce en rapport avec l'homicide d'Anton ?

La policière venait de comprendre que le vol des bijoux par Thomas et la proposition qu'elle avait faite pour confier les recherches à Jordi avaient grandement participé aux développements de l'enquête.

Christelle Limière est tirée de ses supputations par l'entrée de Colt dans sa chambre.

— Je viens vous annoncer une mauvaise nouvelle, déclare l'infirmière d'un air grave.

— Ah bon !

— Vous êtes tellement sympathique que l'on vous garde toute la semaine prochaine.

— …

— Non, je blague ! Vous sortirez lundi matin. José s'occupera de vous, et surtout de votre cuisse, à 9 heures et vous nous quitterez dans le courant de la matinée. Tiens, vous avez de la visite ! lance Colt en regardant dans le couloir.

La capitaine fait signe à Émilie Ingrat d'entrer.

— Je vous laisse.

La journaliste pénètre dans la chambre, un bouquet de fleurs à la main.

— Bonjour, Christelle.

— Bonjour, Émilie. Oh ! Merci beaucoup.

— C'est vraiment peu de chose.

— Je vais vous trouver un vase, propose l'infirmière en sortant.

Une agréable senteur flotte maintenant dans la pièce.

— Elles sont vraiment très belles et très parfumées !

— Tant mieux, je suis contente qu'elles vous plaisent. Vous avez bien meilleure mine. Vous avez déjà repris le travail ?

Les dossiers traînent sur le drap.

— Ce sont juste des informations qui nous arrivent.

— Vous devez avoir un métier passionnant !

— Et dangereux, mais c'est le lot de tous les « super-flics » ! complète la capitaine en pensant à l'article.

Les deux femmes sourient.

Colt revient et pose un vase sur la table de chevet.

— Je vous laisse vous débrouiller !

En refermant la porte derrière elle, la soignante montre un pouce levé à la malade, qui devine ses paroles : « Elle est très belle ! »

Elle s'imagine des choses...

— Je m'en occupe, suggère la journaliste en se dirigeant vers la salle de bains.

— Je viens d'apprendre que je sors lundi matin, dit-elle en rangeant ses dossiers.

— Oh ! Parfait. La blessure à votre cuisse ne vous empêchera donc pas de marcher ?

— Excellente déduction ! Je me servirai d'une canne et j'ai aussi des séances de kiné.

Le vase orné de fleurs est posé sur la table de chevet.

— Faites-vous un peu de sport ?

— Émilie, ne pourrait-on pas se tutoyer ?

— Vous... Tu as raison. Nous nous appelons par notre prénom et nous ne nous tutoyons pas. Ce n'est pas logique. Alors, le sport ?

— Non, pas encore. Je n'habite à Perpignan que depuis six mois et je ne me suis pas encore organisée. Et toi ?

— Je pratique la natation à la piscine de Canet l'hiver et à la mer l'été.

— Combien de fois par semaine ?

— Deux à trois fois.

La policière se souvient de ses séances à la piscine de Bourgines à Angoulême avec Laura, l'année dernière.

— Ton kiné ne t'a pas conseillé de marcher ?

— Si, tu as raison. Allons-y !

Dans le couloir, les deux femmes croisent Colt qui leur adresse un sourire entendu.

Christelle Limière n'a plus cette démarche hésitante et chancelante : elle clopine plus qu'elle ne boite. La chroniqueuse reste en retrait et la regarde évoluer :

— Tu te débrouilles bien !

— Oui, ça va beaucoup mieux. Dis-moi, Émilie ! Je ne sais pas comment te poser la question. Euh... ! Tu as un petit ami ?

— Il faudra que je m'habitue à tes questions directes, comme dirait Bertrand Grange.

— Alors ?

— Non, pas actuellement. Et toi ?

— Pareil. Tu sais, c'est une déformation professionnelle. Je m'imagine toujours en plein interrogatoire.

— Les personnes au franc-parler sont tellement spontanées qu'elles ne vous mentent jamais !

— Avec les suspects, nous sommes toujours en train de vérifier leurs propos, car ils essaient de nous entraîner vers des fausses pistes. Tu n'écriras pas ça dans un article ?

La journaliste s'arrête de marcher et pose sa main sur le bras de son amie :

— Bien sûr que non. Je ne veux pas me fâcher avec ma première source d'information ! avoue-elle en souriant.

— Tu es très maligne. Tu réponds souvent par une réplique spirituelle afin d'éviter de te dévoiler. Tu esquives les questions trop directes. Mais je te connais assez pour savoir que tu ne fais rien par intérêt personnel.

— Au moins, je ne passerai pas au détecteur de mensonges ! Tu sais presque tout de moi.

Les deux femmes reviennent vers la chambre. La malade pose la canne à côté du lit et se glisse sous les draps.

— Et ce repas ! Mercredi soir ? propose Émilie.

— D'accord.

— Tu pourras conduire ?

— Oui. Ils vont me confier une voiture toute neuve, sans trou.

— Je t'envoie un SMS. Je vais te laisser te reposer. À mercredi.

— Merci d'être venue, Émilie. À mercredi.

En partant, la visiteuse agite sa main dans le couloir et la capitaine lui répond.

Dès le départ de la journaliste, Christelle Limière envoie un message sur le portable du commissaire pour l'informer de son retour au bureau lundi prochain, en milieu de matinée.

Une minute plus tard, elle reçoit la réponse : « Louche viendra vous chercher à 9 h 30 ».

La capitaine se replonge tout de suite dans ses dossiers et sort son carnet. Elle commence par compulser le constat de l'accident émanant de la police espagnole de La Jonquera, et lit la déposition du randonneur français qui avait aperçu le 4x4 noir s'enfuir.

La lecture du rapport de l'expert en balistique lui serre la gorge.

« Mon Dieu ! J'ai vraiment eu de la chance ! »

Toutes ces précisions font remonter au plus profond d'elle-même des sentiments de révolte et de reproche : « Pourquoi moi ? Qu'ai-je fait pour mériter ça ? »

Elle se remémore son départ du commissariat ce jour-là. Bien sûr, elle l'avait annoncé à son supérieur et au lieutenant Beauregard. L'agent de police à l'accueil devait aussi le savoir.

Et la balise aimantée sous sa voiture ! Quand l'avait-on installée ?

Le père de Nathan, les rapports et les dépositions : tous indiquent un 4x4 de couleur sombre. Est-ce le même ?

Pourquoi tout ce déploiement de violence ? Est-ce vraiment en rapport avec le meurtre du jeune Roumain ?

Et, comme une évidence, elle comprend que le casse des joyaux sur la Croisette possède une dimension bien plus importante que le meurtre d'un individu.

Christelle Limière se pose alors la question : que vaut la vie d'un homme face à un vol de bijoux de plusieurs millions d'euros ?

Elle établit une synthèse des documents lus et inscrit sur son carnet les faits les plus marquants et ses remarques.

Elle est tirée de ses conjectures par des coups frappés à sa vitre. José. Elle regarde l'heure : 11 heures 5.

Elle range rapidement ses dossiers, saute de son lit, prend sa canne et s'excuse auprès du kinésithérapeute.

Une minute plus tard, la patiente s'allonge sur la table de massage, la chemise d'hôpital remontée jusqu'à la taille.

L'homme manipule sa jambe droite et s'inquiète :

— Je vous fais mal ?

— Oui, un peu.

— Je vais d'abord assouplir les muscles qui n'ont pas travaillé depuis quelques jours.

Il s'enduit les mains d'une crème et masse délicatement l'ensemble des muscles des quadriceps. Puis les adducteurs et enfin à l'arrière de la cuisse, les ischio-jambiers.

La jeune femme ressent beaucoup de bien-être. Elle frissonne et ferme les yeux.

— Nous allons faire quelques exercices.

José porte tout le poids de son corps sur la jambe droite repliée et la manipule dans toutes les positions possibles.

— Vous me dites si je vous fais mal !

— Dans cette position, je sens une douleur aux muscles de la jambe.

— Je vais faire des mouvements moins amples. Comment ça se passe avec Colt ? Vous avez l'air de bien vous entendre !

— Elle est adorable.

— Vous avez hérité de la plus amusante. Elle n'arrête pas de faire des blagues. Je parie qu'elle vous a dit que je courais après toutes les femmes ?

— Exactement. Et ce n'est pas vrai ?

— Pas tout à fait. D'abord, je les observe et je teste leur réactivité.

Christelle Limière le regarde et elle aperçoit un rictus au coin de sa bouche. Au moins, sur un point, Colt a raison : il est vraiment très beau.

— Et avec moi, quelles sont vos conclusions ?

— Des petites sensations que j'ai remarquées tout à l'heure, en vous massant. J'ai senti votre pouls accélérer trop rapidement. Est-ce que je peux vous parler franchement ?

— Bien sûr.

— Et vous ne me mettrez pas en prison ?

— Non, ne vous inquiétez pas !

Elle lui sourit.

— Et vous me direz la vérité ?

— Oui.

— Je pense que vous êtes seule depuis longtemps.

— Vous voulez dire sans homme ?

— Je veux dire sans plaisir.

Le kinésithérapeute semble bien connaître les femmes. Tout en parlant, il continue ses exercices.

— La précision est importante. Et vous avez tout à fait raison ! confirme la patiente.

— Une aussi belle femme que vous devrait profiter davantage de la vie !

— Je suis trop axée sur mon travail et j'oublie de m'amuser.

— Depuis quand êtes-vous à Perpignan ?

— Depuis le début de l'année.

La séance continue encore quelques minutes dans un grand silence.

— Voilà, le rendez-vous chez le psychanalyste est terminé !

— Merci, docteur, ce fut très agréable et j'essaierai de me souvenir de vos conseils.

— En attendant, on se voit demain à 9 heures ?

— Oui.

— Et à la même heure lundi ?

— Parfait.

— Continuez à marcher dans le couloir, seule ou avec votre amie !

José lui adresse un sourire plein de sous-entendus. Colt a dû l'informer. La policière se tait et regagne sa chambre.

Fatiguée par tant d'efforts, elle s'endort.

La fin de la journée s'écoule trop rapidement : Christelle Limière retrouve ses parents. Ils restent tout l'après-midi à papoter.

Pendant que son père se déplace à l'accueil pour ramener des boissons, la patiente prend sa mère dans ses bras et elles bavardent comme deux amies.

Bien plus tard, elle leur confie ses clés d'appartement pour qu'ils puissent bénéficier de plus d'intimité qu'à l'hôtel. Demain matin, ils lui remettront un sac rempli de vêtements propres.

Réconfortée par la joie d'avoir retrouvé sa famille, la capitaine oublie ses ennuis physiques et pousse un grand soupir de soulagement : elle est sur la voie de la guérison.

Restée seule, elle repense à tout ce que lui a dit José : elle sait qu'il a raison.

§

Á Argelès, comme tous les samedis, Catherine Boiteux aide son mari à la bijouterie. La vendeuse donne des conseils à une cliente et Alexandre répare une montre à l'atelier, dans l'arrière-boutique.

Machinalement, elle se tourne vers le comptoir et regarde l'heure : 16 heures 10.

La sonnette de la porte d'entrée retentit. « Chic, une nouvelle cliente ! » pense-t-elle en se retournant.

Quelle surprise ! Joséphine est devant elle et lui sourit.

— Alors, madame la vendeuse, on est pressée de partir ?

— C'est très gentil de passer nous voir !

L'étudiante s'avance et fait une bise à sa mère. Celle-ci est surprise, car cela fait bien longtemps que les deux femmes ne se sont pas embrassées.

Catherine prend les mains de sa fille et, submergée par l'émotion, verse quelques larmes.

— Viens, on va voir Alexandre !

L'homme, le nez plongé sur son cadran, ne lève pas tout de suite la tête. La jeune fille lui tapote l'épaule. Il sursaute.

— Oh ! Joséphine. Quel plaisir de te voir ici !

— Je suis même venue à pied depuis la maison. En fait, j'ai une question à poser à maman.

— Alors, je vous laisse entre femmes !

Il quitte l'atelier et ferme la porte derrière lui.

Joséphine se lance :

— Maman, j'aimerais savoir...

— D'abord, il faut que tu saches que tu nous fais énormément plaisir en passant à la bijouterie. Qu'as-tu à me demander ?

— Tu n'as jamais voulu me dire qui est mon père !

— Quand tu étais plus jeune, nous n'avons pas voulu t'embêter avec ça. Mais maintenant, tu es en âge de savoir.

— J'y pense souvent, tu sais ! Alors ?

Catherine Boiteux patiente quelques secondes et prend les mains de sa fille. Elle lui avoue le nom de son père.

Chapitre VIII

À La Jonquera, dans son garage, Petru Moldovan explique à Mercedes ce qu'elle doit faire. Il détaille le rôle qu'elle doit jouer et surtout les précautions qu'elle doit prendre afin de passer pour une riche cliente et confier au bijoutier d'Argelès un sac de joyaux, sans attirer l'attention de la vendeuse.

Elle s'y rendra mercredi matin. La jeune femme apprend qu'Alexandre Boiteux est surveillé par la police française. Amoureux du détail, le Roumain se prête au jeu et simule la scène, son bureau remplaçant la bijouterie.

Le dimanche 10 juillet, en milieu de matinée, il est satisfait du comportement de l'Espagnole. Il lui impose une tenue appropriée : pas de maquillage trop vulgaire, de short ultracourt ou de minijupe ouverte sur les côtés, et de boucles d'oreilles ostentatoires ; mais un tailleur strict de couleur pastel, un léger fard et des bijoux discrets.

Maintenant seul, l'homme pense à ses commanditaires de Barcelone et aux difficultés qu'il a eues pour leur prouver le vol du contenu du sac noir par un étudiant toulousain. La déclaration écrite de la police française les a rassurés.

Pour la transformation des bijoux, la qualité du travail de l'artisan l'a beaucoup aidé. Futé, Petru s'est octroyé au passage la diminution de ses prestations : il faut bien vivre !

Au sujet des vols de voitures en France, il a fait le nécessaire et, bientôt, elles arriveront en Andalousie afin de traverser le détroit de Gibraltar.

Hier, il a appris qu'un réseau de huit gamines roumaines a été démantelé à Paris ; des montres, des colliers et des cartes bancaires ont été retrouvés au domicile des familles.

L'homme comprend qu'il lui faudra trouver rapidement d'autres sources de revenus.

§

À l'hôpital de Perpignan, Colt attend avec impatience ses prochains jours de repos pour s'allonger sur la plage et se délasser un peu.

Elle frappe à la porte de la chambre de sa malade préférée :

— Bonjour. Comment va ma « princesse » ce matin ?

— Bonjour, Colt. De mieux en mieux. Je suis contente de partir demain, mais triste de te quitter.

— C'est gentil ! Et ce kiné, qu'en penses-tu ?

— Il est agréable, plutôt tendre et psychologue avec les femmes.

— As-tu pris ton petit déj ?

— Oui.

— Nous allons faire les soins.

Plus tard, elle rejoint José pour la séance de massage et d'étirement.

Les parents de Christelle Limière arrivent en milieu de matinée ; ils restent jusqu'à 13 heures, puis ils prennent la route du retour.

L'après-midi, la capitaine, épuisée, s'endort.

Après le dîner, elle consulte encore ses commentaires inscrits sur le carnet.

§

Allongé à l'ombre sur des coussins, en bermuda et les cheveux au vent, Philippe Beauregard sirote un verre de champagne.

Son ami Bernard, directeur d'une importante société de BTP, manœuvre la barre de son Couach 2200 Fly, l'œil rivé sur une crique sauvage du golfe de Rosas. Sa femme Françoise prépare le repas, en bas dans la cuisine.

Deux autres bateaux, dont un magnifique catamaran, mouillent dans cette baie abritée d'un léger vent du sud. Autour des coques, des bras s'agitent et des cris résonnent.

Le capitaine du yacht s'apprête à jeter l'ancre pour un après-midi de farniente et de baignade.

L'invité se souvient de leur première rencontre.

Début mars, comme cela arrive au moins une fois par semaine, un contrôle routier a été mis en place à la sortie de Perpignan. Ce soir-là, le jeune lieutenant est de service.

Tous les véhicules sont arrêtés et il se dirige vers une BMW 740 noire où un homme d'une trentaine d'années l'accueille avec le sourire.

— Papiers du véhicule, s'il vous plaît !

— Voici.

Philippe Beauregard ne travaille pas dans la région depuis longtemps, mais il reconnaît le nom sur le permis de conduire ; le conducteur de la luxueuse berline doit être le P.-D.G. de cette grande entreprise de bâtiment, très connue dans toute la région.

— Je sais que vous faites votre travail, mais j'ai un rendez-vous important avec un futur client !

Même s'il a souvent entendu cette phrase, le policier devine un homme sincère. Il jette tout de même un œil dans l'habitacle où le merisier du tableau de bord et le cuir blanc des sièges dispensent une odeur feutrée de luxe.

— Vous devriez cacher les deux sachets de « shit » que je vois dans votre accoudoir. Mettez-les plutôt dans votre boîte à gants !

— Oh merci !

— Allez-y. Bonne soirée.

— Au revoir.

La mansuétude du lieutenant connaît une suite.

Le lendemain, il reçoit un appel téléphonique d'une femme se présentant comme la directrice du service de communication de l'entreprise de bâtiment, et elle l'invite à rencontrer son patron à son bureau.

Lors de cet entretien informel, il apprend la concrétisation d'un important marché et une relation amicale naît entre les deux hommes. Plus tard, il invitera l'entrepreneur et sa femme à son anniversaire.

Tôt ce matin, ils ont quitté le port de Saint-Cyprien, ont longé la Côte Vermeille jusqu'à Cerbère, puis le cap de Creus et Cadaqués.

En vitesse de croisière, le yacht de près de vingt-deux mètres navigue en silence. Il est d'ailleurs réputé pour son équipement somptueux et son excellente carène.

Bernard a aussi invité Véra Weber et un couple d'amis, Jocelyne et Alain ; ce dernier exerce le métier d'avocat à Perpignan. Un tel contact peut toujours être utile au jeune policier.

Et c'est évidemment ce que pense l'homme de loi à propos du lieutenant. Avec tout de même un questionnement supplémentaire : Alain connaît le salaire moyen de ce grade dans la police nationale, et le niveau de vie de sa nouvelle connaissance l'intrigue.

Philippe Beauregard a récemment fêté ses vingt-cinq ans au restaurant « Bartavelle » d'Argelès et il a invité ses nouveaux amis. Le plateau de fruits de mer et les vins proposés ont été un véritable régal pour les papilles ; le gâteau d'anniversaire était à l'unisson.

Curieux, l'avocat a essayé d'en savoir davantage en questionnant Véra, mais elle n'a pu le renseigner sur les revenus conséquents de son compagnon.

Tout à coup, il entend un « plouf » à l'arrière du bateau. Les femmes ont décidé de se baigner dans l'eau claire et transparente du golfe de Rosas. Il aperçoit les hauts des maillots de bain sur le dossier d'un fauteuil.

Des appels attirent son attention : son ami Bernard demande de l'aide. Il rejoint le groupe. L'entrepreneur a décidé de mettre à l'eau le jet-ski. À l'aide du bras électrique, la manœuvre est vraiment aisée.

— Est-ce que ça te tente, Philippe ?

— Pourquoi pas ? Mais je n'en ai jamais fait !

— Tu as déjà conduit une moto ?

— Oui.

— C'est pareil. Françoise, accompagne-le ! suggère-t-il en souriant.

— Bien sûr, chéri.

L'invité relève une complicité dans l'échange du couple et il s'installe aux commandes. La jeune femme, uniquement vêtue d'un string, se positionne à l'arrière.

Bernard donne ses conseils pendant que Françoise entoure de ses bras le torse du lieutenant, qui sent son corps humide et chaud contre lui. Le démarrage est chaotique. Ils s'éloignent vers le large.

Le couple est maintenant ballotté dans les vagues et le conducteur entend sa passagère lui crier :

— Tu vois, ce n'est pas compliqué !

— Oui, c'est vrai. On fait demi-tour ? hurle l'homme en ralentissant.

— On a le temps. Fais le tour du bateau là-bas !

— D'accord.

Il accélère. Il repense à la récente demande si particulière de Bernard. La requête de l'entrepreneur en bâtiment lui a paru aussi insolite qu'illégale, mais « cela se pratique dans le monde des affaires », paraît-il. Et bien sûr, il l'a assuré de toute sa gratitude.

Le policier lui a promis d'y réfléchir.

De retour au yacht, l'invité remercie son ami et son épouse.

Puis ils déjeunent sur le pont arrière ; tout le monde est torse nu.

Philippe Beauregard s'installe entre Véra et Françoise. Alain prend des nouvelles de cette capitaine de police de Perpignan agressée dans sa voiture à La Jonquera. Son vis-à-vis le rassure.

Mais l'avocat insiste et veut en savoir davantage sur les circonstances de l'accident et l'origine des coups de feu.

— Une enquête est en cours ! répond-il simplement.

Les grillades et les bouteilles de Tavel égaient le repas. Après le dessert, Véra, fatiguée par la séance de natation, les yeux brillants, décide de faire une sieste et Bernard lui propose une chambre.

Á la fin du repas, pour se dégourdir les jambes, le lieutenant marche sur la coursive pour rejoindre le pont avant. Par un hublot, il aperçoit le corps nu de Véra allongé sur un lit. La jeune femme aurait peut-être souhaité qu'il la rejoigne, mais la demande ambiguë de Bernard et le contact appuyé de la cuisse de Françoise durant le repas l'amènent à réfléchir. Il n'aime pas être manipulé.

Il trouve un matelas à l'avant du bateau, se passe de la crème solaire, s'allonge et ferme les yeux. Il imagine que toutes ces approches ont pour but de le tester, de connaître sa résistance à la corruption. Véra lui a parlé des questions insidieuses d'Alain sur son niveau de vie. Philippe Beauregard a l'impression que ses amis le mettent à l'épreuve.

Plus tard, quand il revient vers eux, la discussion à voix basse s'arrête subitement.

La journée s'achève par un dîner dans un restaurant sur le port de Saint-Cyprien.

De retour à son appartement de Canet-en-Roussillon, le policier décide de refuser la proposition de Bernard.

Chapitre IX

Les deux pansements qui marquent son accident sont maintenant minuscules et bientôt elle abandonnera sa canne.

Christelle Limière a hâte de quitter l'hôpital. L'enquête lui manque et elle souhaite progresser dans ses investigations.

Le lundi 11 juillet, la demi-heure avec José passe trop lentement. Le kiné a senti que sa patiente avait l'esprit ailleurs. Il lui rappelle qu'ils doivent se revoir le lendemain à la même heure pour une dernière séance.

De retour vers sa chambre, Jacques Louche, sur le pas de la porte, l'attend.

L'homme porte son sac et la capitaine boitille pour faire ses adieux à Colt, en l'enlaçant affectueusement.

À son arrivée au commissariat, vers 10 heures 30, des mains se tendent et des sourires l'accueillent ; tous sont ravis de son retour.

Elle pose son sac et son classeur sur sa table de travail et décide de surprendre son supérieur. Elle se dirige vers son bureau et ouvre la porte silencieusement.

Surprise ! Le commissaire enlace une femme blonde, que la policière voit de dos.

— Oh pardon ! dit-elle en refermant l'accès.

— Entrez, capitaine !

Quand elle pénètre de nouveau dans la pièce, elle reconnaît Joséphine Boiteux.

— Je vais vous expliquer, mais fermez la porte s'il vous plaît !

Le couple en face d'elle paraît détendu et souriant.

— Catherine a révélé à sa fille le nom de son père, avoue Roger Croussard, la voix éraillée.

— Oh !

— Je crois savoir que vous êtes à l'origine de cela !

— Oui. C'est ce que j'avais conseillé à Joséphine.

— Bonjour, lance l'étudiante aux cheveux blonds, les yeux humides et apparemment très émue.

Christelle Limière salue son supérieur et s'empresse de faire une bise à la jeune fille.

— Nous pourrons nous voir de temps en temps, confirme celle-ci.

— C'est parfait tout ça.

— Ravi de votre retour, capitaine. Nous avons une réunion dans dix minutes.

— À tout à l'heure.

La policière laisse le père et la fille continuer leur tête-à-tête.

§

Plus tard, dans le bureau du commissaire, Christelle Limière et les deux lieutenants sont réunis.

— C'est avec plaisir que nous notons le retour du capitaine Limière, commence Roger Croussard.

— Merci beaucoup.

— Ce soir, Pascal Roulier vous attribuera votre nouveau véhicule. Il y a installé un système de détection des balises de localisation.

— Très bien. Commissaire, où en sont les écoutes téléphoniques et les filatures de la famille Boiteux et de Grange ?

— Les écoutes ont commencé ce matin et nous aurons le premier rapport demain. Ils nous contacteront à la découverte d'un nouvel élément. La surveillance aussi a débuté aujourd'hui. Vous avez eu le temps de lire les nouvelles pièces de votre classeur ?

— Oui. J'ai d'ailleurs pris quelques notes. Voulez-vous que j'en parle ?

— Bien sûr.

La jeune femme ouvre son carnet et se racle la gorge :

— Afin de ne pas tout mélanger, j'ai réparti les affaires qui nous préoccupent en trois dossiers, même s'il existe peut-être des liens entre elles : l'enquête sur l'homicide d'Anton, les joyaux de Cannes et les vols des voitures.

— Oui. Bonne idée !

— Je me suis d'abord intéressée aux bijoux, probablement destinés à Alexandre Boiteux. Le commanditaire va chercher un nouvel approvisionneur. Et j'ai pensé à une femme, qui pourrait jouer le rôle d'une cliente de la bijouterie.

— C'est logique !

— Le surveillant qui se situe à proximité du commerce pourrait prendre des clichés des femmes entrant et sortant du magasin, et nous pourrions bénéficier des photos dès le lendemain matin...

— ... pour ainsi remarquer si une cliente revient régulièrement, continue le commissaire. Je vais organiser cela avec le service technique.

Christelle Limière reprend sa respiration, et, pendant que son supérieur écrit sur un carnet, elle continue :

— Sur la liste des appels téléphoniques des quatre derniers mois, j'ai constaté que les conversations entre Anton Petrescu et Catherine Boiteux ont commencé le lundi 9 mai et se sont arrêtées le lundi 4 juillet au matin.

— Le jour de la mort du Roumain, remarque Jacques Louche.

— Tout à fait. Il aurait été intéressant d'avoir la teneur de leurs discussions. Peut-être que, dans quelques années, les réquisitions judiciaires nous permettront d'avoir cette information auprès des opérateurs. Je vous rappelle que nous n'avons pas retrouvé le portable d'Anton et celui de sa maîtresse a été volé dans mon bureau le jour du meurtre.

Elle s'arrête quelques secondes et consulte son calepin :

— Le meurtrier cherchait peut-être son portable dans son appartement.

— Ah oui ! Sûrement, confirme le commissaire.

— Entre les deux amants, la durée des conversations est courte et au nombre d'une à deux par semaine, ce qu'elle nous a confirmé lors de son interrogatoire chez elle !

Instinctivement, la jeune femme regarde le commissaire.

— Et les relevés téléphoniques de la victime ? questionne Jacques Louche.

— Il a beaucoup communiqué avec l'Espagne. Avez-vous recherché ce correspondant dont le numéro apparaît souvent, puisque vous avez l'accord du juge ? déclare la policière en se tournant vers Philippe Beauregard.

— J'attendais votre retour pour m'en occuper !

Elle préfère ne pas répondre, mais elle pense qu'il aurait pu gagner quelques jours en prenant cette initiative.

— Faites-le dès que possible ! Avons-nous des nouvelles des autorités roumaines, commissaire ?

— Le juge Michelet les a rappelées tôt ce matin et nous attendons leurs réponses dans l'après-midi.

— Bien. Quelqu'un a-t-il d'autres commentaires ou d'autres pistes pour Anton ? demande la capitaine.

— Non.

Roger Croussard s'adresse aux lieutenants :

— Messieurs, pourriez-vous vous occuper des cafés ?

— D'accord, allons-y ! répond Jacques Louche en se levant.

Son collègue met beaucoup moins d'entrain à participer.

Dès le départ des deux hommes, le commissaire se tourne vers son adjointe :

— Je tiens sincèrement à vous remercier pour le conseil que vous avez donné à Joséphine. Je voulais que ce soit sa mère qui le lui apprenne.

— Nous avons parlé à l'hôpital et j'ai senti qu'elle avait besoin de repères pour y voir plus clair dans ses projets. Votre femme est au courant ?

— Oui, nous en avons déjà parlé et elle sera bien accueillie.

— C'est parfait. Maintenant, elle doit trouver sa voie pour ses prochaines études.

Les cafés arrivent et le silence s'installe pendant quelques secondes. Christelle Limière reprend la conduite de la réunion :

— Les bijoux maintenant. Nous devrions inviter l'informaticien pour qu'il nous raconte ses investigations !

— Bien sûr.

Roger Croussard se lève et décroche son téléphone.

Une minute plus tard, Jordi, un jeune homme brun d'une vingtaine d'années, salue les participants et s'assoit.

Tout à coup, le téléphone fixe du commissaire résonne :

— J'avais pourtant demandé que l'on ne me dérange pas ! dit-il en se levant. Allô !

— …

— Oui bonjour, *comisario.*

— …

— Bien. Vers quelle heure ?

— …

— D'accord, je viendrai avec la capitaine Limière.

— …

— À tout à l'heure, *comisario.*

L'homme raccroche.

— Les policiers espagnols veulent nous voir, capitaine. Nous irons en début d'après-midi.

Informé par le commissaire, Jordi entre tout de suite dans le vif du sujet :

— Il m'a fallu environ deux jours de recherche pour découvrir d'où provenaient les joyaux. J'ai comparé les photos que j'ai reçues de Cannes, avec les bijoux qui passaient la nuit dans le coffre de ce bureau.

— Ils résultent tous de ce casse ? s'inquiète la jeune femme.

— Oui. Mais ils ne représentent qu'un tiers du trésor qui a été volé sur la Croisette. Avec l'assentiment du commissaire, nous avons fait l'échange des clichés dans l'autre sens, car c'était leur avis qui importait. Deux heures plus tard, la réponse de leur expert nous parvenait : c'étaient bien ceux de ce vol.

— Ça s'est passé quand ? demande-t-elle.

— Vendredi dernier en début d'après-midi. Aussitôt après l'appel téléphonique de l'expert, en accord avec le juge, nous avons décidé d'attendre votre retour pour donner une suite à cette affaire, précise Roger Croussard.

— Avez-vous d'autres questions à me poser ? lance l'informaticien.

Tout le monde secoue la tête. L'homme se lève.

— Merci Jordi.

Le jeune homme quitte la pièce.

— Donc, nous avons retrouvé une partie des bijoux volés durant le dernier Festival de Cannes dans le coffre de la Golf GTI d'une bijoutière d'Argelès. Ça, c'est quand même surprenant ! s'étonne Jacques Louche.

— Ils ne provenaient donc pas de la famille de Catherine comme le couple Boiteux nous l'a assuré, avance Christelle Limière. S'ils ont menti tous les deux, c'est pour cacher leur travail illicite.

— Mais ils étaient tout de même destinés au bijoutier ? émet le lieutenant Louche.

— Oui. Attendez ! Je me souviens d'un détail. Anton Petrescu a été tué sur la hauteur qui domine le parking où la voiture de Joséphine, accompagnée de Thomas, stationnait. À ce moment-là, le sac noir était dans le coffre de la voiture. Donc, accroupi, Anton surveillait les bijoux.

La jeune femme préfère taire la réflexion personnelle qu'elle avait faite lors de l'interrogatoire de Thomas : Joséphine connaissait Anton et sa moto rouge.

Depuis le début de la réunion, Philippe Beauregard noircissait son carnet, mais il n'avait pas encore ouvert la bouche.

— Et vous lieutenant, qu'en pensez-vous ?

L'homme prend une profonde respiration et se décide :

— Deux choses, capitaine. Anton surveillait la Golf et le sac de bijoux qu'il souhaitait récupérer. Il est possible que ce soient les Roumains qui aient commis ce vol à Cannes. Ensuite, nous devrions attendre les informations de Roumanie sur Anton pour savoir dans quelles affaires il a trempé dans son pays. Et il a peut-être même participé à ce casse sur la Croisette.

Sur son carnet, Roger Croussard inscrit le mot « tautologie ».

— Oui, bien sûr. De toute façon, si les informations arrivent ce soir, nous n'aurons pas longtemps à attendre, fait remarquer la capitaine. Et pour Petru Moldovan, où en sommes-nous ?

— Tenez, voici la photo que nous avons reçue des policiers espagnols !

— C'est bien l'homme que j'ai vu téléphoner dans son bureau le jour de l'agression.

Le visage du truand lui rappelle de mauvais souvenirs.

— Le reste, vous l'avez lu dans le rapport du vendredi 8 juillet : son garage et les quelques « filles » qui travaillent pour lui. On passe au vol des voitures. Lieutenant, pouvez-vous faire venir Perez avec les portraits-robots ?

— Bien sûr, commissaire.

Jacques Louche se lève et décroche le téléphone.

Deux minutes plus tard, Perez, portraitiste petit et brun, âgé d'une quarantaine d'années, apportant un grand porte-documents, s'assoit à la table et, intimidé, attend les questions.

— Parlez-nous de votre travail auprès des plaignants !

— Dans la plupart des cas, ça s'est bien passé. Une seule fois, le couple interrogé n'a pas été d'accord.

— Vous avez tout de même pu esquisser des portraits ressemblants ? s'inquiète Christelle Limière.

— Oui. Et nous avons aussi noté leurs caractéristiques physiques. Voici les portraits !

Perez tire de son dossier cinq représentations de couple et les étale sur la table :

— D'abord, une description rapide : l'homme, trente ans environ, est grand et brun ; la femme est blonde, belle et de type espagnol.

Tout à coup, une idée germe dans la tête de l'enquêtrice alors qu'elle se saisit d'un portait.

— Ils sont venus à moto ?

— Oui.

De son dossier, elle sort la photo d'Anton Petrescu et la tend au portraitiste :

— Vous ne trouvez pas qu'il ressemble à cet homme ?

— Ah oui. Je pense que c'est lui.

— Bien capitaine ! complimente Roger Croussard. Donc les affaires sont étroitement liées.

— Tout à fait. J'ai fait le rapprochement avec le soi-disant garage de Petru.

— Vous pensez que son garage sert à entreposer les véhicules volés en France ?

— Probablement.

— Merci, Perez. Ça va beaucoup nous aider !

Le portraitiste quitte le bureau.

— En résumé, les trois affaires, le meurtre d'Anton, les bijoux de Cannes et les voitures volées sont liées.

— Et tout nous ramène vers Petru ! conclut Jacques Louche.

— Pas d'autres questions ? interroge le commissaire.

— Non.

— Si je reçois les infos de Roumanie ce soir, je vous enverrai un SMS pour une réunion demain matin.

Tous se lèvent. Roger Croussard regarde sa montre.

— Restez, capitaine ! Il faut que je vous parle.

Une fois la porte fermée, il propose :

— Je peux vous inviter au restaurant ?

— Avec plaisir.

Dans sa voiture, le commissaire emmène la jeune femme, encombrée de sa canne et de son classeur. Elle comprend que son supérieur veut la remercier d'avoir conseillé Joséphine de se rapprocher de son père.

À table, la conversation navigue des retrouvailles du père et de sa fille, de l'agression en voiture en Espagne aux comportements quelquefois surprenants de Philippe Beauregard.

Durant les réunions, son atonie les surprend. Par contre, la policière le trouve beaucoup plus loquace quand ils déjeunent ensemble. Ses silences et ses manques d'initiative les étonnent.

En sortant du restaurant, ils se dirigent directement vers le commissariat de La Jonquera. En voiture, Christelle Limière repense encore au jeune lieutenant ; certains indices venaient la conforter dans ses soupçons : ses atermoiements pour rechercher le correspondant téléphonique d'Anton, ses présences au commissariat le soir de la disparition du portable de la bijoutière et lors de son départ pour La Jonquéra avant son agression.

Mais ses doutes sont-ils fondés ? Ou son inimitié pour l'homme l'entraînait peut-être trop loin ?

§

Alexandre Boiteux a écourté sa randonnée au col de l'Ouillat. Il n'a pas cessé de penser à tous ses problèmes pendant la marche. Beaucoup de sujets le tourmentent.

D'abord, la prénommée Mercedes remplacera Anton. Mais sera-t-elle discrète ? Il pense que Petru a pris un risque en demandant à cette femme d'apporter les bijoux directement à son commerce, sans passer par Catherine. Peut-être veut-il montrer l'imprudence de son épouse ?

Ensuite, il a appris que toute sa famille était surveillée par la police française. Et c'est ce qui l'inquiète le plus !

Que les enquêteurs épient les faits et gestes de sa femme, ce serait logique puisqu'elle était proche d'Anton. Mais qu'ils l'espionnent, lui, ça le surprend ! Et tous leurs téléphones sont sur écoute ! Il en a parlé hier soir à Catherine.

Le bijoutier sait que, tôt ou tard, il faudra payer. La police gagne toujours. Comment se sortir de cette situation ?

Malgré toutes ces préoccupations, une lueur de bonheur vient éclairer son visage : Joséphine est passée à la bijouterie. Même si elle venait parler à sa mère, le simple fait qu'elle ait pénétré dans son atelier le ravit. L'homme savait qui était son père et il a approuvé cette révélation. Il espère que cet aveu tardif lui ouvrira les yeux et qu'elle s'engagera bientôt sur le bon chemin.

§

Au commissariat de La Jonquera, en centre-ville, la réunion entre quatre policiers français et espagnols a pour but d'apporter des preuves sur l'enquête en cours et sur les soupçons qui pèsent sur Petru Moldovan. Avant de s'engager plus avant, les Ibériques veulent connaître le dossier monté par leurs homologues français.

Des cafés sont apportés à la tablée.

Le *comisario* et son supérieur, le *comisario principal*, prennent le temps de lire tous les documents qui leur sont remis. De temps en temps, le plus gradé traduit en espagnol quelques expressions ou termes spécifiquement français.

À la fin de leur lecture, les deux hommes valident la demande : des investigations vont être entreprises auprès des opérateurs espagnols pour obtenir les relevés des communications téléphoniques du garagiste, durant les quatre derniers mois.

Mais Christelle Limière souhaite qu'ils s'impliquent davantage : elle veut une mise sur écoute de ses téléphones.

Jusque-là, naturellement, l'échange se faisait en langue française. La jeune femme est surprise quand elle entend Roger Croussard raconter, en espagnol, l'agression qu'elle a subie : son pansement à la tête et sa canne confirment ses propos.

Son supérieur appuie sa requête en montrant des photos de la Laguna après le choc, notamment la carrosserie criblée d'impacts de balles. Les deux policiers ibériques étaient bien sûr au courant de l'attaque, mais ils n'avaient pas imaginé que la victime se trouvait devant eux.

La capitaine comprend que sa venue avait aussi pour but d'influer sur ses confrères espagnols de façon à obtenir une coopération entière et sans réserve, et mener l'enquête du meurtre d'Anton Petrescu à son terme.

Après quelques hésitations et palabres, le *comisario* et son supérieur acceptent de lancer des demandes de mise sur écoute des téléphones de Petru Moldovan.

Afin d'activer la mise en place, Roger Croussard téléphone au technicien du commissariat de Perpignan et ils conviennent d'un rendez-vous avec son homologue espagnol dès le lendemain matin. Les premiers résultats des écoutes devraient arriver le vendredi 15 juillet.

Vers 16 heures, Christelle Limière et son supérieur, ravis du déroulement de l'entrevue, quittent La Jonquera. Dans la voiture, le commissaire fixe l'horaire de la prochaine réunion : le lendemain à 10 heures.

§

De retour à son bureau, la capitaine avertit les lieutenants par SMS. Puis elle se lance immédiatement dans la rédaction de son rapport, qu'elle donnera à chaque membre de l'équipe.

Elle pense que la mise sur écoute des communications du garagiste fera évoluer favorablement l'enquête et elle espère retrouver les malfrats qui l'ont sauvagement agressée à La Jonquera.

Puis, elle reçoit un SMS d'Émilie Ingrat proposant un rendez-vous dans un restaurant de Canet-en-Roussillon le mercredi 13 juillet à 20 heures. Elle sourit et lui répond.

Aux alentours de 17 heures 30, Pascal Roulier frappe à la porte de son bureau : sa voiture l'attend sur le parking.

Devant une Laguna flambant neuve, l'homme lui révèle le système de détection des balises de localisation. Il lui apprend aussi qu'à sa connaissance, c'est le seul véhicule ainsi équipé dans toute la région.

Au vu de l'importance que prend l'affaire de l'homicide d'Anton Petrescu et des méthodes violentes constatées, Roger Croussard et le juge Michelet ont insisté pour une protection maximale. Le responsable logistique confirme aussi l'interdiction de se déplacer seule en Espagne et la surveillance de son domicile.

Bien sûr, les clés et les documents de l'auto lui sont remis.

Dans sa nouvelle voiture, la jeune femme se rend au centre de tir, à la périphérie de Perpignan.

Parmi les obligations inhérentes à sa fonction, la capitaine doit s'exercer au maniement des armes à feu.

Au début de sa carrière dans la police, ces séances de tir à balles réelles ressemblaient à des corvées. Puis petit à petit, le stress a disparu. Le faible poids du pistolet de guerre et la précision de l'arme de 9 mm l'ont convaincue. Christelle Limière fait de gros progrès dans ses résultats sur les cibles.

Elle a une pensée pour la fusillade dont elle a été victime à La Jonquera et, instinctivement, touche sa cicatrice à la tête.

Une heure plus tard, elle quitte le stand de tir. La tension et les rebondissements de cette journée de reprise l'ont éreintée.

Dans sa rue, elle remarque un homme au volant d'une voiture stationnée près de l'entrée de son immeuble.

Il est environ 20 heures quand la capitaine, harassée, pénètre dans son appartement.

Comme à son habitude, elle allume la télévision et ce qu'elle entend la glace :

— Une partie des bijoux dérobés durant le dernier Festival de Cannes a été retrouvée à Carcassonne. Un étudiant de Toulouse a été entendu par la police.

Le commissaire Croussard avait pourtant fait le nécessaire pour qu'aucune information ne parvienne aux oreilles des journalistes.

La jeune femme espère que les indiscrétions des policiers de la Côte d'Azur ou les investigations des médias n'apporteront pas d'autres précisions pouvant nuire à l'avancement de leur enquête.

Chapitre X

Le mardi 12 juillet 2011, à 8 heures 30, la température est déjà trop élevée.

En se dirigeant vers l'hôpital de Perpignan, Christelle Limière est surprise par la circulation moins fluide qu'à l'accoutumée. Les immatriculations des voitures confirment l'arrivée des touristes.

Portant sa canne sous le bras, elle fait un signe à Colt qui lui sourit. Devant la porte de son cabinet, José l'attend.

La séance d'étirement de sa jambe droite dure une demi-heure.

Le kinésithérapeute lui conseille de pratiquer la natation et lui suggère la piscine de Canet-en-Roussillon. La jeune femme pense aux activités sportives d'Émilie Ingrat dans ce même lieu.

Il lui montre quelques mouvements à exécuter afin de retrouver une musculature convenable.

La capitaine rend sa canne, le remercie pour sa patience et sa compétence, et quitte l'hôpital sans boiter.

Bientôt, ses cheveux bruns masqueront la cicatrice et elle ne gardera de cette agression qu'une tache de quelques millimètres sur sa cuisse… et dans sa tête des images indélébiles.

Trois quarts d'heure plus tard, dans le bureau de Roger Croussard, Christelle Limière, Philippe Beauregard et Jacques Louche s'assoient autour de la table de travail. Chacun retrouve sa place habituelle.

Le commissaire ouvre la séance :

— Tout à l'heure, je vous ferai un résumé des informations reçues de Roumanie sur Anton Petrescu et Petru Moldovan. D'abord, vous êtes tous au courant des récentes actualités annoncées par la télévision hier soir ?

— Ah non ! s'étonne Philippe Beauregard.

Jacques Louche l'informe.

— J'ai téléphoné ce matin à mon collègue de Cannes et je lui ai rappelé notre enquête en cours sur la mort du jeune Roumain liée aux bijoux volés. Il m'a promis d'intervenir auprès de l'équipe chargée de ce dossier et m'a confirmé qu'il ne pouvait pas tout contrôler.

Dans son for intérieur, Roger Croussard sait que la divulgation de cette information peut nuire à l'avancement de leurs investigations.

Puis il informe les lieutenants de l'avancée de l'enquête en Espagne concernant les téléphones de Petru Moldovan.

— Parfait. Ça avance ! constate Jacques Louche.

Des coups répétés proviennent de la porte.

— Entrez !

Frédéric, un jeune technicien des écoutes téléphoniques, s'avance. Il tient à la main un petit magnétophone.

— Veuillez m'excuser, mais je pense que ceci va vous intéresser !

Le commissaire montre une chaise au nouveau venu, qui pose l'appareil au centre de la table et actionne un bouton.

Une voix un peu nasillarde les surprend et un dialogue commence.

Rapidement, Christelle Limière reconnaît la bijoutière et Bertrand Grange.

Au bout d'un court instant, la femme interrompt subitement la conversation et raccroche.

— Oui, très intéressant ! juge la capitaine. Quelle durée ?

— Trente-trois secondes exactement.

— Vous avez tous reconnu Catherine Boiteux et son ami l'écrivain. D'habitude, la durée de leurs entretiens dépasse la demi-heure.

— L'homme a rappelé dix secondes plus tard.

— Et ?

— Elle lui a répondu qu'elle ne pouvait pas lui parler. Et elle a raccroché.

— Donc elle sait que son téléphone est sur écoute, en déduit la policière.

— C'est la raison de ma venue. J'ai aussi vérifié les relevés téléphoniques du mois dernier : le couple Boiteux s'appelait au moins une à deux fois par jour. Là, aucun coup de fil entre eux !

— Donc ils sont tous au courant de la mise sur écoute ! conclut le commissaire. Merci, Frédéric.

Après le départ du jeune homme, un silence pesant plombe le bureau de Roger Croussard durant une dizaine de secondes.

Puis, ce dernier regarde son adjointe et reprend le fil de la réunion :

— Nous avons reçu les informations en provenance de Craiova. Elles ont été traduites et je vais vous les lire.

Il énumère les affaires en cours dans lesquelles sont impliqués les deux Roumains. Beaucoup de bagarres entre bandes rivales, des vols d'argent avec violence, des larcins de valises dans les hôtels des villes alentour et des falsifications d'identité. Et aussi des vols de voitures.

— Je me suis permis d'en envoyer une copie à nos amis espagnols. Des commentaires ou des remarques ?

Personne ne répond. Les révélations de Frédéric ont refroidi l'enthousiasme de l'équipe.

— Bien. La capitaine vous préviendra de l'horaire de la prochaine réunion. Au travail !

§

Joséphine Boiteux a entendu les informations sur BFM TV. Les bijoux, un étudiant de Toulouse, quelle coïncidence troublante !

Elle se précipite sur son ordinateur ; elle lit les articles des journalistes et le prénom de Thomas apparaît. Elle n'a plus de doute : les joyaux dans le coffre de la voiture de sa mère provenaient du casse de la Croisette. Comment ses parents ont-ils pu être mêlés à un trafic de bijoux volés ?

La jeune fille avait compris qu'ils n'appartenaient pas à sa grand-mère. Mais leur provenance la sidère !

Malgré l'implication de ses parents, elle trouve la situation cocasse : sa mère est une voleuse et son père est commissaire de police.

Non ! Elle n'a pas à intervenir. Ne surtout pas dénoncer sa mère… à son père !

« Laissons-les se débrouiller ! Je ne suis au courant de rien. »

§

Au commissariat de Perpignan, après la réunion, Christelle Limière revient à son bureau et analyse les inculpations des deux Roumains provenant du tribunal de Craiova.

Tout à coup, Roger Croussard frappe à sa porte, entre en silence et s'assoit.

— Pensez-vous la même chose que moi, capitaine ?

— Oui, tout à fait. Depuis le début de cette enquête, les incohérences se succèdent : d'abord le vol d'un portable dans mon bureau, puis l'agression en voiture et maintenant les écoutes téléphoniques qui ne servent à rien. Nous avons une « taupe » dans l'équipe.

— Que pouvons-nous faire ?

— Allons dans votre bureau, commissaire !

Il comprend que la jeune femme souhaite prendre des précautions.

Une fois installé, il la questionne :

— Pensez-vous qu'il faille prendre un autre avis ?

— Bien sûr. Nous devrions contacter l'IGPN.

— Oui, vous avez raison.

Il compose un numéro et actionne le haut-parleur.

La standardiste l'écoute et l'oriente vers un poste.

— Claude Renard au téléphone !

— Commissaire Croussard de Perpignan. Nous avons un problème au sein de notre équipe.

Le policier de la ville catalane expose les faits qui lui semblent surprenants. Au bout du fil, l'homme écoute, pose quelques questions et demande les noms et les prénoms des personnes du groupe d'enquêteurs.

— Commissaire, je m'informe et je vous rappelle.

Et ils raccrochent.

Une demi-heure plus tard, Roger Croussard appelle son adjointe à son bureau. Quand elle entre dans la pièce, il parle au téléphone :

— ... attendez, je lui demande !

Il met le haut-parleur.

— Pouvez-vous aller chercher le commandant Renard à 19 heures 15 à l'aéroport de Perpignan ?

— Ce soir ?

— Oui.

— Bien sûr.

— Nous irons manger ensemble, capitaine, et vous m'expliquerez le dossier ! annonce le correspondant dans le haut-parleur.

— D'accord. À ce soir, commandant !

Les hommes raccrochent.

— Il a préféré venir tout de suite avant que notre enquête ne soit complètement faussée.

— Que va-t-on dire aux lieutenants ?

— Il va se présenter comme un criminologue venu nous aider dans nos investigations. Faites passer le message pour une réunion demain à 8 heures 30 !

— D'accord.

Christelle Limière s'apprête à quitter le bureau et pose sa main sur la poignée de la porte quand un brigadier entre et leur apporte un document : le premier rapport des filatures des époux Boiteux et de Bertrand Grange.

Elle le tend au commissaire.

— Gardez-le, capitaine ! Si c'est comme pour les écoutes téléphoniques, il ne va pas nous apprendre grand-chose.

La jeune femme sourit et quitte la pièce en emportant le dossier.

À son bureau, elle lit les trois feuilles de l'exposé des techniciens : en effet, rien de nouveau n'apparaît.

Après avoir envoyé un SMS aux lieutenants, elle passe une partie de l'après-midi à relire les éléments de l'enquête.

§

Á Argelès, allongée sur un transat au bord de la piscine, Joséphine Boiteux a longtemps réfléchi. Elle prend une grande décision et se lève.

Sur Internet, elle trouve des éléments de réponse à ses questions.

L'étudiante veut d'abord en parler à la personne à l'origine de l'idée. Elle ouvre son téléphone portable.

— Bonjour capitaine. C'est Joséphine.

— Bonjour Joséphine.

— Je veux que vous soyez la première à l'apprendre : j'ai choisi les prochaines études que je vais entreprendre en septembre.

— Très bien. Et alors ?

— Je vais m'inscrire à l'ING.

— C'est-à-dire ?

— L'institut national de gemmologie.

— Parfait. Et tu pourras reprendre la bijouterie de ton beau-père.

— Oui. C'est vous qui m'avez donné l'idée !

— Tu fais les bons choix actuellement, Joséphine. Ton père le sait ?

— Pas encore. Vous pouvez me le passer ?

— Bien sûr. Ne quitte pas ! À bientôt !

La policière compose un numéro interne, avertit son supérieur que sa fille souhaite lui parler, et raccroche.

§

L'avion en provenance d'Orly-Ouest arrive en retard.

Christelle Limière avait fait un détour par son appartement pour prendre une douche et changer de tenue ; elle avait changé son éternel jean contre une courte robe colorée.

Elle avait téléphoné à son surveillant posté dans son véhicule banalisé. De sa fenêtre, elle l'avait vu prendre son portable et l'avait averti de sa sortie.

À l'aéroport, elle brandit un écriteau sur lequel figure son nom.

Claude Renard, bel homme grand et bronzé en costume et cravate, traînant une valise, s'arrête devant la jeune femme. Elle lui donne à peine trente ans ; elle avait pourtant appris par le commissaire qu'il en avait dix de plus. Elle ne voit pas d'alliance à son doigt.

Dans la Laguna, sur la route du restaurant, elle lui montre un dossier posé sur la banquette arrière contenant toutes les pièces de l'homicide d'Anton, ainsi que les éléments des vols de bijoux et de voitures.

— Merci beaucoup. Et pour la « taupe » ?

— J'ai établi un rapport que je vous donnerai et commenterai tout à l'heure. Le commissaire en a une copie.

— Ne m'emmenez pas dans un grand restaurant ! C'est une séance de travail.

— Il y a beaucoup de monde ici en cette saison, commandant.

— Évitez de m'appeler commandant ! Mon prénom, c'est très bien. Je ferai de même de mon côté, Christelle.

— D'accord, Claude.

Le bord de mer étant surpeuplé, elle opte pour un restaurant dans le centre de Perpignan.

Dans la voiture, Claude Renard quitte sa cravate. Il a une allure sportive et la capitaine le classe parmi les dilatés.

Ils prennent un léger repas ; l'homme ne boit pas de vin et il lui avoue qu'il court trois quarts d'heure tous les matins.

— Voulez-vous que je vienne vous chercher demain à l'hôtel ?

— Non, merci. Je prendrai un taxi.

Au dessert, Christelle Limière lui tend les deux feuilles de son rapport et elle apporte quelques précisions après la lecture.

L'homme connaît le cursus professionnel des quatre participants à l'enquête et il la félicite pour ses succès en terre charentaise. Il la flatte en évoquant son imagination et sa ténacité.

Elle le dévisage et sourit : elle ne sait pas s'il est sincère ou s'il essaie de la séduire.

Il repense à sa mission :

— Qui prend des notes lors de vos réunions ?

— Jacques Louche ne se sert pas beaucoup de son cahier, alors que Philippe Beauregard passe son temps à écrire et il parle peu.

— Lorsque vous établissez des rapports, à qui les distribuez-vous ?

— Aux trois autres membres de l'équipe.

— Une tierce personne peut-elle être informée de l'ensemble de vos investigations ?

— Oui, si quelqu'un enregistre les réunions, les filme à notre insu ou si les rapports sont transmis.

— Qu'apportent les lieutenants lors de ces séances de travail ?

Le commandant ne laisse rien au hasard.

— Louche écrit sur un cahier au format A4 et Beauregard possède un petit carnet.

— Pas de sacoche ou de cartable ?

— Non.

— Ça se passe toujours dans le bureau du commissaire ?

— Oui.

— Demain, après la réunion, vous pourrez me présenter à votre responsable technique ?

— Bien sûr. Nous en parlerons au commissaire.

Ses questions sont précises et son regard ne quitte jamais les yeux de la jeune femme.

Il sort de la poche de sa veste un petit magnétophone de la taille d'un téléphone portable et appuie sur un bouton.

— Je l'écouterai ce soir dans ma chambre.

Puis la discussion s'oriente vers l'agression en voiture de La Jonquera et ses séquelles psychologiques ; la capitaine avoue qu'elle n'y pense déjà plus.

À la fin du repas, la conversation est plus détendue. Par le biais de questions et de bavardages plus personnels, elle se rend compte qu'il connaît pratiquement tout de sa vie passée.

— Dites-moi ! Ce n'est pas un hasard si vous vous appelez « Renard » ?

— C'est vrai que j'ai un petit avantage. Je connais votre dossier.

— Votre sens de l'équité vous oblige à parler de vous !

Elle en saura un peu plus sur l'homme : divorcé, sans enfant, marathonien et sans cesse en déplacement.

— Ça, c'est ce que vous voulez bien me dire !

— Je vous laisse découvrir le reste, répond-il en souriant.

Christelle Limière le raccompagne devant son hôtel et rentre à son appartement.

Elle sait qu'une personne extérieure à une enquête possède une opinion plus neutre et plus mesurée sur les évènements. Elle a été trop accaparée par les investigations et les rapports. Ses soupçons à l'égard de Philippe Beauregard sont peut-être erronés et ses velléités ont sûrement été faussées.

Après avoir garé son véhicule, elle longe celui de son surveillant et tousse en arrivant à sa hauteur. L'homme se réveille.

Dans sa chambre, elle se rappelle les paroles de José sur ses longues et éprouvantes journées de travail et son manque de relation amoureuse.

Elle se demande pourquoi elle y repense après cette soirée passée avec le commandant de l'IGPN. La réponse qu'elle trouve lui saute aux yeux et elle sourit en s'endormant.

Chapitre XI

Le mercredi 13 juillet 2011, Claude Renard arrive un peu en retard à la réunion de 8 heures 30 : il commence par s'excuser et se présente.

Roger Croussard a renseigné le groupe. Il a expliqué que cette enquête lui semblait très complexe et ses ramifications en Espagne ont contraint le procureur de la République de Perpignan à appeler un criminologue de Paris en renfort. La présence du spécialiste s'étendra jusqu'à la conclusion de l'enquête.

Le nouveau venu s'assoit en bout de table et précise que, pour le moment, il se contentera d'écouter.

Il aperçoit, posé devant Jacques Louche, un grand cahier et un crayon. Philippe Beauregard joue avec son stylo, et son carnet est ouvert.

Le commissaire prend la parole :

— Vous avez tous reçu une copie du premier rapport de surveillance des époux Boiteux et de Bertrand Grange. Avez-vous des remarques ?

— Non, répondent en chœur les deux lieutenants.

— Ce matin, le service des filatures m'a apporté les photos des visages des clientes et clients de la bijouterie prises hier. Jetez-y un coup d'œil !

Le paquet d'une quinzaine de clichés passe de main en main. Le jeune lieutenant les observe et les passe à son voisin ; puis il écrit quelques mots sur son carnet.

Au tableau, figurent encore les annotations de Christelle Limière de mercredi dernier.

« Mon Dieu, déjà une semaine ! » pense-t-elle.

Elle avait l'impression que l'agression en voiture dont elle avait été victime lui avait fait perdre sept jours, et elle pense aux paroles de son supérieur : « Nous mettons l'enquête en stand-by en attendant votre retour ».

— Je peux, commissaire ? propose la jeune femme en se levant.

— Oui, bien sûr.

— Donc, nous savons maintenant que Petru Moldovan et Anton Petrescu sont des mafieux recherchés par les autorités roumaines. Ils ont fui leur pays devant les charges qui pesaient contre eux : vols, agressions et trafics en tout genre. Pour en revenir à l'enquête sur la mort d'Anton, nous avons toujours nos deux suspects que sont Alexandre Boiteux et Bertrand Grange. D'abord, le bijoutier...

La capitaine reprend son souffle :

— C'est sûrement le suspect le plus crédible ! Son mobile : la vengeance d'un mari trompé et pas d'alibi vérifiable au moment du meurtre. Rappelons que son commerce est fermé le lundi et qu'il en profite pour marcher seul sur les Albères !

— Pourrait-il avoir un autre mobile ? suggère Jacques Louche.

— Je n'en vois pas d'autre. Hier, j'ai consulté sur Internet les trois derniers bilans de sa société. Si ceux de 2008 et 2009 présentent un chiffre d'affaires stable, celui de l'année dernière montre une diminution importante des ventes et il s'est séparé d'une de ses deux vendeuses.

— Et vous en concluez ? questionne Claude Renard.

— Ce n'est qu'une supposition, mais le manque de chiffre aurait pu lui faire accepter un travail illégal et bien rémunéré : la vente ou la transformation de bijoux volés, par exemple. Par contre, je me demande quel serait le lien entre son besoin d'argent et son intérêt d'éliminer Anton !

— C'est tout de même le jeune Roumain qui lui permettait de mieux vivre ! remarque Jacques Louche.

La capitaine avait été amenée à réfléchir au sujet de ce sophisme.

— C'est ce que j'ai pensé tout de suite. Mais nous ne savons sûrement pas tout. Comme nous l'avons vu tout à l'heure, les deux Roumains sont des voleurs sans scrupule. Ils ne voulaient peut-être plus verser sa commission au bijoutier !

— Quel est le profil de l'homme ? demande le criminologue.

— Matois avec beaucoup d'anticipation dans ses décisions.

— Violent ?

— Non, mais il a la force de frapper un homme accroupi.

Le commissaire remarque le nom de l'écrivain sur le tableau, sous lequel figure un « S ».

— Et Bertrand Grange ?

— Son amie Catherine ne voulait plus d'Anton, qui devenait violent avec elle. L'écrivain aurait pu s'en débarrasser pour la protéger. Lui non plus n'a pas d'alibi vérifiable le jour du meurtre.

— Pas de témoin oculaire ?

— Non, monsieur Renard. Jeudi dernier, en fin de matinée, je suis revenue à l'anse de Porteil pour m'imprégner de l'environnement. J'y ai rencontré le père de Nathan, le petit garçon qui a découvert le corps. Il lui a semblé apercevoir un 4x4 sombre qui partait précipitamment ; mais pas de numéro d'immatriculation et pas de marque.

— C'est aussi un 4x4 noir qui a commis l'agression à La Jonquera !

— Oui, approuve tristement la jeune femme en s'asseyant.

Le lieutenant Louche pense qu'il aurait mieux fait de se taire !

— Si vous n'avez plus de question, nous allons en rester là. Prochaine réunion vendredi matin. Je vous préciserai l'heure par SMS.

Tous se lèvent.

— Je peux vous voir, commissaire ? lance le criminologue.

— Bien sûr. Restez capitaine !

§

À Argelès-sur-Mer, Mercedes a patienté avant d'entrer dans la bijouterie. Vers 9 heures 30, un couple de clients pénètre dans la boutique ; c'est le moment qu'elle choisit, et elle les suit.

Un homme, la cinquantaine, affable, d'un physique rond, s'avance vers elle. Il possède un visage poupin et lui sourit ; elle comprend qu'il l'a reconnue.

Il l'invite à s'asseoir dans un espace à l'écart, isolé par des parois diaphanes.

— Bonjour, je suis Mercedes, murmure-t-elle.

— Bonjour.

Ils se sont penchés l'un vers l'autre de façon à chuchoter leur échange. Elle parle le français sans accent.

La jeune Espagnole, que cette mission inhabituelle angoisse, dégrafe son spencer et sourit au lapidaire. Elle se détend. Elle surprend le regard de l'homme sur son décolleté qu'un bustier échancré met en valeur. Il n'a plus cette inappétence handicapante qu'il traînait depuis de nombreuses années.

— Je peux sortir le sac ?

— Oui, répond-il après avoir surveillé sa vendeuse.

La jeune femme blonde pose son grand sac à main sur ses genoux.

Elle connaît Petru Moldovan depuis deux ans ; celui-ci a vite compris qu'elle était maligne et savait manœuvrer les hommes. Et son sourire en avait fait craquer plus d'un. Mercedes n'a pas la vulgarité et la faconde d'une péripatéticienne : un visage aux traits réguliers et fins, un léger maquillage et un tailleur en lin de couleur crème. Elle ressemble à une cliente fortunée et « bien née ».

Alexandre Boiteux saisit le sac, entre dans son atelier et le cache dans le fond d'un tiroir. Puis il revient s'asseoir en face de la jeune femme.

Quelques secondes de silence. Le bijoutier n'est pas pressé.

— Vous êtes installé ici depuis longtemps ?

— De nombreuses années. Mon père possédait déjà le commerce.

Toutes les relations de Petru Moldovan sont au courant de la disparition brutale d'Anton. L'Espagnole connaît les rapports intimes qui unissaient le jeune Roumain à la bijoutière. Elle sourit en pensant qu'elle se trouve maintenant dans la même position que le protégé de Petru.

Non, cette situation ne l'amuse pas ! Elle l'intéresse.

Mercedes plonge son regard dans les yeux du commerçant et pense qu'il ne mérite pas l'affront qu'il a subi.

— De quelle région venez-vous ?

— De l'Andalousie.

— Vous êtes jeune et agréable. Vous avez suivi des études ?

— Jusqu'à l'âge de dix-huit ans ; ça correspond au niveau du baccalauréat en France. Pensez-vous que je ressemble à une riche cliente ?

— Oui. Vous en avez l'apparence, le sourire et le langage.

— Merci, vous êtes très gentil !

Elle devine un caractère plein de bonté et de douceur. Elle remarque ses doigts fins et ses ongles propres.

Beaucoup d'aménité transpire de cette conversation. Il y a des sentiments et des rapprochements que l'on ne peut maîtriser. Le destin s'en mêle. Tous les deux sont à un tournant de leur vie, mais ils l'ignorent encore.

Elle, parce qu'elle n'en peut plus de subir les caprices et les brutalités des chauffeurs de camion. Elle attend autre chose de la vie. Et rencontrer un homme attentionné et fortuné la comble.

Lui, parce qu'il ne veut pas passer le reste de son existence en prison, car c'est ce qui l'attend. Et être attiré par une jeune fille désirable l'enchante.

Un courant de sentiments indéfinissables circule entre ces deux êtres. Leurs regards échangés parlent pour eux. Dans les yeux de l'autre, se trouve la réponse à leurs questions, comme une opportunité à saisir, une bouée de sauvetage, un phare au milieu de la tempête.

L'attirance est trop forte. Elle prend les devants, pose sa main sur celle du bijoutier et se décide :

— J'espère que l'on se reverra !

— Vous êtes... libre ?

Il n'avait pas trouvé le bon mot, mais elle avait compris ce qu'il voulait dire. Il avait lu dans ses yeux son acquiescement.

— Oui, je vis seule.

Elle sent le contact de ses doigts fins sous les siens.

Alors le bijoutier avance aussi un pion et se lance. Il sait qu'il prend des risques, mais dans sa situation, il n'est pas à un risque près :

— Vendredi prochain, en soirée, je quitterai la région. Le matin, je me déplacerai chez mon expert-comptable pour léguer mon commerce à ma femme, à ma banque pour retirer mon argent personnel et chez mon notaire pour la succession.

— Mais vous êtes surveillé ?

— Oui, je sais. Par Petru et par la police. Ne vous inquiétez pas, j'ai tout prévu ! Et vous, que comptez-vous faire ?

— J'aimerais quitter mon tra... mes occupations.

— Vou... voulez-vous venir avec moi ?

Il avait senti sa main se contracter sur la sienne. Elle n'avait pas besoin de sourire : il connaissait sa réponse.

— Mais je n'ai pas beaucoup d'argent !

— Ne vous inquiétez pas pour ça ! Ce n'est pas un problème.

— J'ai confiance en vous. Où irons-nous ?

— À l'étranger. Là où personne ne nous retrouvera. En Belgique, par exemple. J'ai envie de travailler encore quelques années et il y a des possibilités pour moi dans ce pays.

Petru Moldovan lui avait avoué : « Il a de l'or dans les mains, ce bijoutier ! ».

— Es-tu prête pour un nouveau départ ?

— Oui. Je n'ai plus d'avenir en Espagne.

— N'emporte qu'une petite valise et je vais t'indiquer où tu gareras ta voiture vendredi prochain vers 19 heures.

Alexandre Boiteux avait brisé la glace en la tutoyant. Il lui sourit. Tout à coup, il retire sa main car le couple de clients quitte la bijouterie.

Un moment plus tard, il conseille :

— Sortons !

À l'extérieur, il lui indique l'endroit où elle devra l'attendre. La « fille » de La Jonquera quitte le commerçant en cillant des yeux.

— À vendredi.

L'homme pense que Mercedes n'est pas à sa place. Il lui a proposé ce jour, car tous les vendredis soir, Catherine rentre tard de son cours hebdomadaire de gymnastique. Quand elle s'apercevra de son départ, il sera déjà loin.

Pour le bijoutier, ce n'est pas une revanche. Tout au plus une mise au point. Il laissera à sa femme et à Joséphine son commerce, leur maison d'Argelès-sur-Mer et leur chalet de Pyrénées 2000.

Il emportera ses économies personnelles. De quoi repartir vers une nouvelle vie !

§

Dans le bureau du commissaire, Christelle Limière et Claude Renard s'installent dans les fauteuils. Celui-ci développe ses premières observations :

— Voici ce que j'ai noté : Jacques Louche prend peu de notes, mais pose des questions. Beauregard, c'est exactement le contraire !

— Je vous l'avais dit ! confirme la jeune femme.

— Mais cela n'a aucune signification. Une personne peut ne pas transcrire des informations parce qu'elle possède une excellente mémoire.

— Vous avez raison, valide Roger Croussard.

— Je vous rappelle que, jusqu'à aujourd'hui, nous n'avons pas de preuve formelle, mais juste des présomptions. Dans nos règles internes, nous possédons des mesures à notre disposition, mais nous ne pouvons pas faire n'importe quoi !

Le commissaire secoue la tête.

— Oui, je comprends.

— Quelqu'un peut transporter un micro, volontairement ou sans le savoir. Dans le domaine de la miniaturisation, la technologie a fait d'énormes progrès. Un micro peut être caché dans un stylo ou sous un revers de veste. Faire venir un détecteur ne servirait à rien. Tous les policiers connaissent cette technique.

— Que pouvons-nous faire alors ? s'impatiente la policière.

— La seule chose que nous pouvons faire, c'est filmer leurs écrits lors des réunions. Mais je ne pense pas que le résultat soit probant. Ils écrivent ce qu'ils entendent et ça ne nous apportera rien d'autre.

— Essayons tout de même ! propose Roger Croussard.

— Occupent-ils toujours les mêmes places lors des réunions ?

— Oui. Les lieutenants se positionnent l'un à côté de l'autre. Et nous sommes en face d'eux.

Le criminologue se lève et regarde le plafond au-dessus de la table de travail.

— Pourriez-vous faire venir le responsable technique ?

— Je l'appelle.

— Êtes-vous vraiment sûr de lui, commissaire ? Il ne parlera pas ?

— C'est un homme de confiance. Il travaille avec moi depuis dix ans.

Deux minutes plus tard, un homme d'une trentaine d'années les rejoint. Roger Croussard présente le commandant de l'IGPN qui précise son besoin.

Le technicien inspecte les lieux et explique sa proposition : il installera deux caméras dont l'emplacement au plafond ne prendra qu'un millimètre. La pose interviendra cette nuit et la capitaine lui indiquera les horaires des réunions.

— Qui fait l'installation ? demande le commissaire.

— Moi, et je serai seul.

— Surtout n'en parlez à personne !

— Bien sûr.

Après le départ du technicien, les trois policiers décident de déjeuner ensemble.

Ils se dirigent vers un restaurant où Roger Croussard aime se rendre. La cuisine n'a rien d'exceptionnel, mais la salle à manger est immense et l'éloignement des tables convient à la discrétion des propos échangés.

Claude Renard pose quelques questions à la jeune femme. Il constate qu'elle possède un esprit inventif et que ses jugements pertinents sont rarement pris en défaut. Le commissaire écoute.

Puis ils parlent des deux lieutenants ; Christelle Limière dévoile l'existence opulente de Beauregard et ses avances maladroites à son égard.

— Il faut que vous sachiez que ce jeune homme est issu d'une famille très aisée et que son père occupe un grade élevé dans notre corporation. Nous devons donc agir avec beaucoup de précautions.

— Ah ! Je ne savais pas.

— Quand vous m'avez donné son nom, l'autre jour, j'ai fait une rapide enquête et c'est la raison de ma venue précipitée. S'il est la « taupe », il nous faudra de solides arguments pour le faire tomber.

— Mais il a peut-être opéré à la même recherche de son côté ?

— Oui, c'est possible. Comment a-t-il effectué ses avances ?

— Dois-je vous expliquer comment procèdent les « dragueurs » ?

Les deux hommes sourient.

— Et vous, comment faites-vous, commandant ?

L'homme, pris au dépourvu, se sent obliger de répondre :

— Je les flatte, les charme en souriant, leur dis qu'elles sont belles et je surveille leur réaction.

— Et ça marche ?

— Capitaine, il ne s'agit pas de moi, mais de Philippe Beauregard ! répond le criminologue avec un grand sourire.

Dans son coin, le commissaire jubile.

— Il a fait la même approche que vous, mais il y a ajouté de temps en temps des allusions sur son niveau de vie élevé. Et il m'a invitée à dîner.

— Et ?

— J'ai évidemment refusé.

Claude Renard se tait. Il réfléchit.

— Pourquoi ne pas accepter la prochaine fois ?

— Accepter quoi, commandant ?

— Uniquement l'invitation à dîner, bien sûr ?

— Ouf ! J'ai eu peur. Je ne sais pas si je pourrais. Dans quel but ?

— Vous pourriez le faire parler pour en apprendre davantage sur lui.

— Et je serai protégée s'il m'arrive quelque chose ? J'aurai un micro sur moi ?

La jeune femme montre beaucoup d'inquiétude.

— Un micro ne servirait à rien. S'il possède un détecteur sur lui, notre affaire capotera et ça va se retourner contre nous.

— Je serai donc seule.

— Nous ne serons pas loin, capitaine.

— Je vais y réfléchir.

Christelle Limière sent la pression qu'exerce le criminologue ; mais, même si elle souhaite démontrer que son jugement est le bon, une implication personnelle la gêne face à un homme qu'elle n'apprécie pas. Et elle se méfie de son caractère entier et de ses remarques trop directes.

Vers 15 heures, à son bureau, la policière rédige son rapport quand Claude Renard frappe à sa porte, entre et s'assoit.

Dans la conversation qui suit, il lui confie qu'il passera le 14 juillet à Perpignan et visitera la ville.

— J'ai une invitation à te faire ; mais après ce que je t'ai dit tout à l'heure, la question va te faire sourire, avance l'homme visiblement gêné.

— Je t'écoute.

— Tu connais le restaurant « L'Almandin », sur l'île de la Lagune, à Saint-Cyprien ?

— Non, je ne le connais pas. Mais c'est oui pour l'invitation, répond la jeune femme en souriant.

— Parfait. Tu anticipes les évènements, et c'est pour cela que tu réussiras dans la police.

— Tu veux que je passe te prendre vers midi ?

— Oui. Merci.

§

Bertrand Grange avait rappelé son amie Catherine Boiteux. Il n'avait pas compris leur dernière conversation téléphonique étrangement courte. Ils avaient pris rendez-vous sur la terrasse de « La Réserve » à Argelès, face à la mer.

Toujours aussi élégante, la bijoutière lui fait une bise et elle s'assoit en face du romancier. Celui-ci la questionne sur son récent comportement.

— Tu ne le sais peut-être pas, Bertrand, mais nos téléphones sont sur écoute et nous sommes tous suivis dans nos déplacements.

— Ah bon !

— Tu as été interrogé par la police au sujet du meurtre d'Anton. Donc tu dois l'être aussi.

— Tu crois ?

— J'en suis sûre. Je sais que l'enquête n'avance pas. Alors ils enregistrent les conversations des proches de la victime, les suivent et ils attendent. Ce n'est pas moi qui dois t'apprendre comment ils procèdent ! C'est toi, l'écrivain de romans policiers !

— Oui, bien sûr.

Bertrand Grange, soupçonneux, regarde autour de lui.

— Tu as raison. En ce moment, ils nous surveillent probablement !

— Alexandre aussi est suivi et ça le rend nerveux.

— Ah !

Puis, la conversation s'étire sur les révélations plus personnelles de l'un et de l'autre.

— J'ai communiqué à Joséphine le nom de son père, avoue la femme.

— Je suppose qu'elle doit être contente ?

— Oui, elle est ravie.

L'entretien continue sur la future université de la jeune fille. L'homme évoque le sujet de son prochain roman.

Il rappelle à Catherine la discussion qu'ils ont eue, à la fin du mois dernier. La bijoutière avoue qu'elle n'est pas encore prête.

Puis ils se quittent. L'écrivain comprend qu'il devra être patient.

§

D'un passé sans relief, il n'avait gardé de son enfance en Île-de-France que des bribes d'éducation trop stricte : un père omniprésent et une mère sévère et intransigeante. Trop de rigorisme tue les rêves de jeunesse !

Dans cette haute bourgeoisie patriarcale, les enfants ne parlaient pas à table ; ils mangeaient souvent avant leurs parents.

Ses copains, triés sur le volet, étaient peu nombreux. À l'adolescence, pas de relations féminines afin de protéger le « petit ». Seule une gouvernante moustachue dotée d'un accent méditerranéen le surveillait jour et nuit. De peur de traîner avec d'autres gosses peu fréquentables, pas de sport collectif qui lui aurait pourtant appris l'esprit de camaraderie et le goût de l'effort pour l'autre !

Heureusement, dans le sud de la France en août, il y avait les vacances chez tante Paulette. La grande maison fourmillait de cousins et de cousines de son âge. Dommage ! Ce sentiment de liberté ne durait qu'un mois.

Ah ! Quinze ans, le bel âge ! Un plongeon dans la mer dévoilait un sein de jeune fille. Les bagarres dans l'eau ressemblaient à des agaceries. Et voilà la source de ses rêves érotiques qui peuplaient ses nuits trop courtes !

Plus tard, l'adolescent ne choisira pas ses études. « Tu feras le même métier que ton père, mon fils ! » avait-il dit sur un ton péremptoire.

Aussi quand le joug paternel s'estompa et que la chrysalide le transforma en un beau jeune homme, il connut ses premiers émois amoureux, se dissipa et ses études en pâtirent.

Les incartades et les reproches se succédèrent. Trop tard ! Il avait goûté le fruit défendu et il termina tant bien que mal ses études.

§

Au restaurant de Canet-en-Roussillon, Émilie Ingrat l'attend déjà, assise à une table. Elle ne la reconnaît pas tout de suite.

Christelle Limière a échangé son jean contre une courte robe rouge, très échancrée dans le dos, et elle s'est maquillée. Sur le côté de sa tempe, ses courts cheveux bruns masquent déjà la cicatrice.

La journaliste se lève et elles se font une bise.

— Je n'ai pas l'habitude de te voir dans cette tenue.

— C'est vrai.

— Tu parais en pleine forme !

— L'accident est déjà un vieux souvenir.

La capitaine s'assoit et regarde autour d'elle. Une large baie vitrée dévoile une magnifique vue sur la mer Méditerranée. Le soleil décline et le clair-obscur montre un vrai décor de rêve, comme le peintre Eugen Ducker l'aurait représenté.

— Quel paysage grandiose !

Les deux femmes se regardent et sourient.

— Tu connaissais ? demande Émilie.

— Non. C'est un très grand restaurant. Je vais me sentir obligée de te faire plein de confidences. Tu y viens souvent ?

— Non. Que pour les grandes occasions !

— Oh merci ! Je suis flattée.

Instinctivement, la policière pense aux paroles de Claude Renard : « d'abord les charmer, puis leur dire qu'elles sont belles et attendre leur réaction ! »

— Veux-tu boire un apéritif ?

— Non, merci.

— Abstème ?

— Tout à fait.

À ce moment-là, la journaliste fait un petit signe de la main par-dessus l'épaule de son invitée :

— Tiens ! Philippe Beauregard est là.

Christelle Limière se retourne et le salue de la tête. Il s'avance vers leur table :

— Voici les deux plus belles femmes du restaurant !

— C'est gentil, lieutenant, répond sa supérieure en clignant des yeux. Mais ne le dites pas trop fort, votre amie ne va pas être contente !

— Merci, Philippe.

— Je vous abandonne à regret. Bonne soirée !

— Au revoir, lieutenant.

— Au revoir, Philippe.

L'enquêtrice vient de comprendre qui informe la journaliste.

Les deux jeunes femmes se penchent sur les menus. Derrière le sien, Émilie murmure :

— Il s'est retourné pour mater ton dos découvert.

— Est-ce qu'il t'a déjà draguée ?

— Bien sûr, il courtise toutes les filles.

— Et ?

— Et je vais prendre du poisson, répond la chroniqueuse en éclatant de rire.

Le maître d'hôtel arrive et note la commande.

— As-tu effectué tes séances de kiné ?

— J'ai eu droit à quatre séances. José m'a conseillé la natation à la piscine de Canet.

— J'y vais en soirée, le lundi et le jeudi.

La capitaine ne répond pas et pense que ces paroles ressemblent à une proposition de rendez-vous.

— C'est un bon masseur ?

— Oui, excellent. Et fin psychologue !

— Ah ! Qu'est-ce qu'il t'a dit ?

— Il m'a conseillée de profiter de la vie et de m'amuser davantage.

— Et ?

— Et le serveur arrive ! lance la policière comme pour répondre à son amie.

Un sourire éclaire le visage des deux femmes.

Deux minutes plus tard, le dialogue reprend :

— Ton kinésithérapeute a donc compris que tu t'investissais trop dans ton travail ?

— Oui, et je partage son avis.

— Tu n'avais pas d'amoureux en Charente ?

— Juste du passage, pas de permanence.

— Il y a au moins un point sur lequel nous nous entendons bien, ce sont les réflexions humoristiques.

— C'est vrai. Et toi ?

— Pareil, pas d'amoureuse !

Christelle Limière regarde au loin sur la « grande bleue » les lumières d'un bateau qui rentre au port. L'effet souhaité n'a pas eu lieu.

— Je suis comme toi : je sais aussi être directe, confirme la journaliste. Tu ne sembles pas surprise ?

— Je m'en doutais. Ton magnifique article trop élogieux sur mon métier, tes tendres avances à peine voilées et tes beaux yeux pleins de tendresse.

— Et ?

— Et je suis flattée qu'une aussi charmante et intelligente femme s'intéresse à ma petite personne, si insignifiante et si fragile.

— Ne te moque pas de moi ! Mais encore ?

— Je vais prendre un joker.

Le repas continue dans la bonne humeur. Elles parlent de la merveilleuse région qui les a accueillies, Émilie il y a trois ans et Christelle en début d'année. La conversation s'engage sur le métier de l'une et de l'autre, sur les joies et les contraintes de leur profession si prenante et si enrichissante.

Parlant de ses activités professionnelles, la chroniqueuse se confie :

— La semaine dernière, j'ai été contactée par l'administrateur général d'un grand quotidien national.

— Ah !

— Nous nous sommes téléphoné à deux ou trois reprises. Il avait lu mes articles et il souhaite m'intégrer à son équipe, dans ses bureaux parisiens.

— Oh ! Belle promotion !

— Et je l'ai rencontré hier.

— Il s'est déplacé de Paris pour te voir ?

— Oui. Il avait apporté un contrat.

Attentive, l'enquêtrice écoute.

— Salaire intéressant ?

— Multiplié par trois.

— Bigre !

— L'argent n'est pas mon moteur. J'ai préféré différer ma réponse. Je lui ai dit que le moment n'était pas idéal et que je donnerai ma réponse dans quelques jours.

À ce moment-là, Émilie plonge son regard dans les yeux de son amie. Quelques secondes de silence s'égrènent.

— Tu veux dire que…

— Oui, tu as bien compris, Christelle !

La capitaine ne pense pas une seconde à un scénario monté de toutes pièces. Le naturel et la sincérité de la belle journaliste l'orientent vers des propos pétris de séduction. Ce n'était pas un dîner entre deux amies, mais une véritable déclaration d'amour.

Même à la fin du repas, la chroniqueuse n'évoque pas l'enquête en cours et ne cherche pas d'informations récentes pouvant alimenter ses prochains papiers.

Sur le parking, Émilie Ingrat prend les mains de son amie :

— Nous avons beaucoup de points communs et j'ai vraiment envie de te revoir.

— Tu es attachante et tu as d'énormes qualités, mais tout ça est trop rapide pour moi.

— Il faut écouter ton kiné.

— Tu es très persuasive. Un peu de patience. Mais je sais que tu sauras décrypter mon appel.

Leurs mains sont encore enlacées, comme à l'hôpital. La policière l'attire à elle et l'embrasse sur la joue :

— À bientôt, Émilie.

— À bientôt, ma belle.

Elles partent chacune de leur côté.

À son appartement, Christelle Limière envoie un SMS : « Merci pour cette charmante soirée. »

La réponse ne se fait pas attendre : « Ce fut un vrai bonheur. »

§

Ce soir, Alexandre Boiteux n'a pas beaucoup parlé durant le dîner. Il semble perdu dans ses pensées. Joséphine et sa mère discutent de mode et de bijoux fantaisie.

Plus tard, dans la suite parentale, Catherine revient de la salle de bains :

— Tu étais plutôt silencieux à table.

— Viens, il faut que l'on parle !

— Tu as l'air soucieux.

Elle s'allonge près de son mari et se blottit dans ses bras.

— Je me suis renseigné auprès d'un ami avocat. La peine pour un joaillier receleur s'étend de huit à dix ans de prison.

— Pourquoi ne pas arrêter avec Petru Moldovan ?

— C'est impossible ! Il nous tient. Ces gens sont sans scrupule et ils n'ont pas de parole. Toi, tu ne risques pas grand-chose, du sursis probablement. Et il y a les joyaux volés sur la Croisette, retrouvés à Carcassonne, que je devais transformer.

Le bijoutier avait été renseigné par le Roumain.

— Ma prestation ne concerne plus des bijoux volés par des gamines dans le métro à Paris ou à Barcelone. L'affaire prend maintenant beaucoup d'importance et elle est très médiatisée. Ils vont vouloir faire un exemple et je vais prendre entre douze et quinze ans.

— Ah !

— J'ai fait une erreur, il faut que je l'assume. Ce que je sais, c'est qu'à cinquante-cinq ans, je ne veux pas passer le reste de ma vie en prison.

Le fourvoiement du joaillier lui fait prendre conscience de la gravité de sa situation. Son ton est solennel et il est déterminé. Il a même élevé la voix.

— Parle moins fort chéri !

— Depuis plusieurs jours, je réfléchis à la meilleure solution. J'ai commencé à y penser quand j'ai appris que nos téléphones étaient sur écoute. Sans résultat sur les enregistrements, ils organiseront des perquisitions dans notre maison et à la bijouterie, et ils me placeront en garde à vue.

— Ah bon !

— Oui, c'est ce qu'ils feront. Vendredi matin, j'irai voir l'expert-comptable pour mettre la bijouterie sous ton nom.

— Tu crois que c'est important ?

— Oui, c'est essentiel. J'essaie de faire du mieux possible pour vous protéger, toi et Joséphine.

Catherine se serre dans les bras de son mari.

— Tu es trop bon !

Sur ces paroles agréables, Alexandre Boiteux ferme les yeux.

Volontairement, il tait ses autres rendez-vous.

Chapitre XII

En ce lendemain de fête nationale, à son bureau, Christelle Limière analyse pour la troisième fois les rapports de surveillance du couple Boiteux et de Bertrand Grange.

À 7 heures 30, le commissariat de Perpignan s'éveille lentement et une relative agitation s'installe dans les couloirs.

Même à la quatrième lecture, elle ne peut se concentrer. Elle repense encore à la soirée de mercredi dernier avec Émilie Ingrat.

Hier, elle s'est allongée sur le sable entre Canet-en-Roussillon et Saint-Cyprien. Elle s'est remémorée tout ce que la belle journaliste lui avait confié. Entre allusions et attaques frontales, elle avait déployé des trésors d'artifices pour la séduire.

La policière imagine qu'inconsciemment, elle avait laissé la porte de son cœur entrouverte, et Émilie l'avait poussée. La chroniqueuse savait lire entre les lignes.

Le fait d'avoir frôlé la mort l'incite à vouloir profiter de la vie et de ses plaisirs. Ou peut-être que les sous-entendus de Colt et les confidences de José avaient porté leurs fruits !

Hier midi, à « L'Almandin », Christelle Limière et Claude Renard avaient beaucoup bavardé. La jeune femme avait accepté son invitation parce qu'il était seul. Il avait bien essayé de la charmer, mais elle n'avait pas répondu à ses avances.

En début d'après-midi, elle l'avait déposé dans le centre de Perpignan pour une visite de la ville.

La jeune femme est tirée de ses rêveries par l'arrivée de la secrétaire du commissaire qui apporte les relevés téléphoniques des quatre derniers mois de Petru Moldovan :

— Ça vient d'arriver d'Espagne ! annonce-t-elle.

— Vous pourriez en faire une copie pour tout le groupe ? N'oubliez pas Claude Renard !

— Bien sûr, capitaine.

Parmi les numéros listés, elle reconnaît celui d'Anton Petrescu qui apparaît régulièrement. Et un numéro entrant provenant de France qui revient souvent et attire son attention.

Elle appelle le service technique ; un homme l'informe qu'il s'agit d'une carte téléphonique, donc aucune possibilité de remonter à la source.

Peu après, Roger Croussard la prévient qu'une réunion est programmée pour 10 heures. Elle avertit immédiatement les lieutenants et le commandant Renard, ainsi que le responsable technique.

§

Bénéficier de ce poste si jeune avait surpris tout son entourage : papa y était pour beaucoup. Autant pour l'obtention de son diplôme que pour son affectation, toutes les portes s'ouvraient : il suffisait que son père décroche le téléphone.

Là encore, trop protéger ses enfants les désarme face aux vicissitudes de la vie et aux difficultés qu'ils rencontreront forcément plus tard !

Le patriarche lui payait quelquefois le voyage en avion pour un long week-end dans la demeure familiale d'Île-de-France ; le jeune homme comprit vite que ces escapades s'apparentaient à des prétextes afin de le présenter à des familles bourgeoises, et surtout à leurs filles fades aux yeux tristes. Il valait mieux que ça ! Les invités savouraient déjà un mariage en grande pompe avec ce riche fils unique.

Plus tard, il avouera à son père que la vie de célibataire lui convenait.

Régulièrement, celui-ci alimentait son compte en banque et l'homme vivait dans le luxe et l'abondance.

§

Dans le bureau du commissaire, Christelle Limière, les lieutenants Beauregard et Louche, ainsi que Claude Renard, s'installent autour de la table.

Discrètement, le criminologue cherche au plafond le petit emplacement des deux caméras. Chacun occupe son positionnement habituel.

Roger Croussard prend la parole :

— Vous avez tous reçu les relevés téléphoniques de Petru Moldovan. Des remarques, capitaine ?

— Oui. Beaucoup d'appels destinés à Anton. Nous retrouvons son numéro tous les deux ou trois jours. Il devait donner ses ordres pour les bijoux et les vols des voitures. Puis un deuxième numéro en provenance de France revient souvent. Ce sont toujours des appels entrants issus d'une carte téléphonique, donc source indétectable.

Claude Renard observe que Louche a la tête levée et écoute, alors que Beauregard note sur son carnet.

— La mise sur écoute des téléphones de Petru est effective à compter d'aujourd'hui. Nous en saurons davantage demain. L'homme de surveillance à la bijouterie m'a indiqué qu'il avait des clichés de mercredi dernier à nous montrer. J'appelle le service technique, lance le commissaire en se levant.

L'homme décroche son téléphone.

Deux minutes plus tard, un technicien frappe, entre dans la pièce et s'assoit en bout de table.

— Voici les photos des clientes et des clients de la bijouterie du mercredi 13 juillet. Nous avons essayé de prendre des vues les plus nettes possible et nous avons agrandi les clichés.

Il fait circuler une vingtaine de photos de grand format. Tous prennent le temps de les examiner.

Tout à coup, Jacques Louche pousse un cri :

— Oh ! Cette femme, je la reconnais. C'est l'acheteuse des voitures volées qui accompagnait Anton !

L'homme sort de son dossier les dessins du portraitiste.

— Regardez !

— Vous avez raison, c'est très ressemblant ! confirme Claude Renard.

— Oui, c'est elle, j'en suis sûr ! Je l'identifie parfaitement. Mais je pourrais aussi la présenter aux plaignants pour une validation !

Christelle Limière se saisit des clichés :

— Je suis d'accord avec vous, c'est la même personne. Commissaire, elle a dû apporter des bijoux. Il faut faire immédiatement deux perquisitions, une au domicile des Boiteux, et l'autre à la bijouterie.

— Qu'en pensez-vous, monsieur Renard ? demande Roger Croussard en se tournant vers le criminologue.

Son jugement est important et tous sont attentifs.

— La capitaine a raison. Nous en savons assez pour intervenir. L'affaire du vol des bijoux sur la Croisette a pris une telle ampleur médiatique qu'il faut des résultats rapides.

— Bien. Donc demain, à 6 heures !

— Nous commencerons par le domicile des Boiteux et, au même moment, nous enverrons un véhicule de gardiens prendre position devant la bijouterie pour éviter de se faire doubler.

— Bien sûr, capitaine. L'idéal serait de procéder de même chez Petru Moldovan. La concomitance de ces perquisitions est essentielle, soumet le criminologue.

Le commissaire réfléchit durant quelques secondes :

— Voici comment nous allons nous organiser ! Je vais d'abord contacter nos amis espagnols pour les autorisations, mais je pense sincèrement qu'ils accepteront.

— Il nous faut donc deux groupes, renchérit son adjointe.

Roger Croussard continue :

— Le lieutenant Louche viendra avec moi en Espagne et le reste de l'équipe commencera par le domicile des Boiteux, puis la bijouterie.

— Parfait. Des directives sur les horaires vous seront transmises par SMS dans la journée, précise la jeune femme. Surtout, pas un seul mot à quiconque ! Nous sommes bien d'accord ?

— Oui, répondent ensemble les lieutenants.

— Bien. Je contacte le technicien de la scientifique de permanence demain.

Tous se lèvent. La réunion se termine ainsi et les policiers regagnent leur bureau.

Puis le commissaire se déplace chez le juge d'instruction. Il l'informe des derniers rebondissements de l'enquête. L'homme de loi établit une commission rogatoire pour les deux perquisitions d'Argelès.

Du bureau du juge, Roger Croussard contacte le *comisario principal* de La Jonquera et lui explique les preuves recueillies à l'encontre de Petru Moldovan. Il leur soumet une demande de perquisition.

Quinze minutes plus tard, l'accord des autorités espagnoles lui est signifié.

§

Dans sa cuisine, Catherine Boiteux est soucieuse.

Elle ressasse l'entretien de mercredi soir avec Alexandre. Elle craint qu'il ait une réaction inappropriée. La bijoutière s'imagine qu'il quittera discrètement la région pendant quelque mois, pour se cacher. Probablement le temps que l'affaire des bijoux se calme.

Bertrand Grange l'a encore appelée et il souhaite la rencontrer de nouveau à la terrasse du même café. Elle lui a répondu qu'elle le contactera ce soir.

§

Seule à son bureau, en cette fin de matinée, Christelle Limière voit entrer Philippe Beauregard. Ils parlent de l'orientation de l'enquête et des prochaines perquisitions. Puis il regarde sa montre : 12 heures 30.

— Vous n'allez pas manger, capitaine ?

— Oui, allons-y !

À deux rues du commissariat, un petit restaurant les accueille en terrasse.

L'homme se montre plus distant et moins disert que lors du repas le jour de l'homicide d'Anton. Aujourd'hui, pas de flatterie et de forfanterie sur sa vie opulente. Ils continuent de parler des investigations en cours.

Pourtant, la jeune femme devine que quelque chose l'intrigue, qu'il a bien du mal à aborder.

Tout à coup, il change de sujet :

— Ce dîner avec Émilie, ça s'est bien passé ?

« Nous y voilà ! » pense-t-elle.

— Oui, c'est une personne charmante et agréable.

« Que veut-il savoir ? »

« Elle l'a peut-être envoyé pour en apprendre davantage sur mes intentions ! Non, cela ne lui ressemble pas ! »

« Ou bien, il connaît la réputation de la chroniqueuse et il s'imagine que j'ai refusé ses avances maladroites, il y a quelques jours, parce que je préfère la compagnie féminine. »

« De toute façon, ça ne le regarde pas ! »

Philippe Beauregard la fixe et attend qu'elle se confie. Mais elle se tait. Le choix des plats relance la conversation.

Après ce repas adiabatique, ils rentreront au commissariat en marchant côte à côte en silence.

À son bureau, Christelle Limière envoie un SMS à son amie : « Je ne t'oublie pas. L'enquête est difficile. Bises. »

Deux minutes plus tard, son téléphone sonne. La voix d'Émilie Ingrat la ravit :

— Je pensais justement à toi. Tu vois toujours ton kiné ?

La policière devine une allusion à son déficit de tendresse.

— Non. Mes séances sont terminées.

— Tu avances dans ton enquête ?

— Oui, mais mon séjour à l'hôpital nous a fait perdre du temps.

— Mais encore ?

— Nous sommes dans les interrogatoires et les filatures. Toujours pas d'inculpation et de garde à vue. Ne t'inquiète pas ! Tu seras la première prévenue et tu auras même droit à une interview exclusive de la capitaine qui mène l'enquête.

— Exclusive ou intime ?

Christelle Limière reconnaît là l'esprit de la séductrice. Elle sourit :

— Sûrement les deux !

— Je te laisse travailler. À bientôt.

— À bientôt.

§

En ce début d'après-midi, l'enquêtrice recherche les propriétaires des différents numéros de téléphone figurant sur la liste des relevés de Petru Moldovan.

Soudain, le commissaire entrebâille la porte :

— Venez capitaine ! Il y a du nouveau.

La jeune femme se lève d'un bond et le suit. Dans le couloir, ils emmènent Claude Renard qui venait vers eux.

Le responsable du service technique les reçoit à la table de travail de son bureau. Une télévision en face d'eux est allumée.

— C'est l'enregistrement de la réunion de ce matin. Nous avons zoomé le carnet du lieutenant Beauregard. Regardez et écoutez attentivement ! Nous le repasserons tout à l'heure si vous le souhaitez.

Ils assistent à la séance de travail, vue du plafond. Ils entendent Jacques Louche qui reconnaît la jeune Espagnole, cliente de la bijouterie et acheteuse des voitures volées en compagnie d'Anton.

À ce moment-là, la caméra zoome et l'écran montre un dessin exécuté par le jeune lieutenant : un cercle avec trois branches à l'intérieur.

— Qu'est-ce que c'est que cette figure ? s'étonne Roger Croussard.

— On dirait le sigle des voitures Mercedes-Benz, remarque le criminologue.

Christelle Limière réfléchit :

— Il l'a dessiné juste après l'évocation de l'acheteuse des voitures volées. La jeune Espagnole s'appelle Mercedes.

— Oh ! lance son supérieur.

— Pour s'en assurer, c'est facile, commissaire. Il suffit de téléphoner à notre correspondant en Espagne qui nous le confirmera.

— Allons à mon bureau ! Merci beaucoup, dit-il à l'attention du responsable technique.

Deux minutes plus tard, le *comisario* de La Jonquera atteste que la protégée de Petru Moldovan s'appelle bien Mercedes.

Un silence pesant flotte dans la pièce. Nos trois policiers sont maintenant convaincus que Philippe Beauregard est la « taupe » qui informe le Roumain.

Le commissaire avait encore des doutes, comme s'il ne voulait pas admettre la trahison du jeune lieutenant. La consternation se lit sur son visage.

— Que faisons-nous ? demande la jeune femme en se tournant vers Claude Renard.

— Compte tenu du poste qu'occupe son père dans notre corporation, nous devons prendre des précautions. Il faut des preuves supplémentaires.

— Mais enfin, Clau... commandant, il avouera sans problème, rétorque la capitaine. Ces preuves sont irréfragables.

Nouvelle interruption de quelques secondes. Le criminologue, circonspect, réfléchit. Cette collusion requiert un consensus.

— Par expérience, je sais que monsieur Beauregard père prendra un avocat de renom et, même si le lieutenant avoue, il peut se rétracter sous la pression de son défenseur. Et les preuves manqueront. Les attestations testimoniales ne seront pas suffisantes. Et le défenseur pourra toujours prétexter que son client a effectué ce dessin parce qu'il voulait changer de voiture. Nous n'avons pas assez de preuves.

— Vous avez raison. Attendons d'autres confirmations ! valide le commissaire en se ressaisissant. La mise sur écoute des téléphones de Petru Moldovan nous aidera. Gardons cela pour nous et n'en parlons à personne, ni au lieutenant Louche, ni à personne d'autre !

§

À Argelès, vers 18 heures 50, Alexandre Boiteux regarde s'éloigner sa vendeuse. Aujourd'hui, il lui a demandé de partir plus tôt.

Ses rendez-vous se sont échelonnés toute la journée : l'expert-comptable d'abord, avec lequel il a signé quelques documents importants pour la cession de son commerce à sa femme. Le professionnel n'a fait aucun commentaire.

Puis son notaire, qui a voulu en savoir davantage et l'a questionné longuement sur ses justifications et ses intentions futures. Le bijoutier est resté ferme, même si ses volontés paraissaient surprenantes.

Et enfin son banquier qui, depuis le mercredi 13 juillet, avait préparé l'argent en liquide réclamé et un important chèque de banque correspondant à des actions commerciales rapidement vendues.

Se sachant surveillé, le bijoutier avait laissé sa voiture sur le parking et il avait fui à pied par l'arrière de l'immeuble. Au coin de la rue, un taxi l'attendait, prévenu par le portable de la vendeuse.

Dans son arrière-boutique, il glisse les liasses de billets de banque et ses documents personnels dans une valise technique, où quelques vêtements ont été rangés ; une volumineuse sacoche noire comme en transportent quelquefois les dépanneurs de télévision ou de machine à laver.

Il se change et sort du magasin. Par la porte d'entrée entrouverte, il secoue sa main, comme si une personne invisible restée à l'intérieur le saluait, et il pousse le battant.

Au bout de la rue, il sort son portable, joint sa vendeuse et lui demande de venir fermer le commerce. Il attend cinq minutes.

Dans sa Seat Leon, Mercedes patiente. En Espagne, elle a quitté ses amies sans les prévenir. Elle n'en pouvait plus de cette vie sordide et violente.

Elle regarde sa montre : ça fait cinq minutes qu'Alexandre Boiteux devrait être là. Elle a confiance en lui. Elle sait qu'il viendra.

Tout à coup, un employé EDF barbu, affublé d'une mallette, se penche et frappe à la vitre de sa voiture…

Chapitre XIII

Le samedi 16 juillet 2011, un peu après 5 heures, dans la faible clarté de l'aube, trois véhicules banalisés quittent le commissariat de Perpignan et se dirigent vers Argelès-sur-Mer.

Dans sa Laguna, Christelle Limière conduit Claude Renard, Philippe Beauregard et la technicienne de la scientifique au domicile de la famille Boiteux. Un brigadier-chef au volant d'une Mégane les suit, emmenant deux gardiens de la paix.

Une demi-heure plus tard, les deux voitures se garent devant la villa du bijoutier et éteignent leurs phares. Par l'interphone, la capitaine annonce l'objet de sa venue.

Catherine Boiteux apparaît devant eux en robe de chambre, les yeux cernés, suivie de Joséphine.

— Bonjour.

— Bonjour.

La policière montre le document signé par le juge d'instruction. Dans l'entrée, elle répartit le travail de fouille de chacun.

— Alexandre n'est pas là ?

— Venez, je vais vous expliquer ! répond la propriétaire en l'entraînant à l'écart.

Derrière la piscine, les deux femmes s'enfoncent dans la pénombre de l'aurore. Les candélabres de la terrasse sont allumés et l'enquêtrice remarque le lieutenant qui les observe.

— Votre mari n'est pas là ?

— Il n'est pas rentré hier soir. Quand je suis arrivé de mon cours de gymnastique, il était absent. J'ai téléphoné à la vendeuse. Elle m'a informée qu'Alexandre l'avait appelée vers 19 heures pour revenir fermer la bijouterie.

— Ah ! Tout ça est bien étrange ! Il ne vous avait pas prévenue ?

— Non.

En se retournant, la capitaine aperçoit Philippe Beauregard qui continue de les fixer depuis la terrasse.

— Attendez une seconde !

Elle sort son portable et appuie sur une touche de son répertoire. Dans le silence du petit matin, une sonnerie se fait entendre.

— Dites-moi, lieutenant, vous allez rester longtemps à me surveiller ? Je crois que je vous ai donné une pièce à fouiller !

— Oui, j'y vais.

Elle voit l'homme entrer dans la maison.

— Venez par ici ! Il est capable de nous épier à une fenêtre.

Elles se cachent derrière un arbre.

— Je souhaite vous voir seule car j'ai des confidences à vous faire, commence la bijoutière.

— Je vous écoute.

La propriétaire lui narre la visite du jeune lieutenant pendant son séjour à l'hôpital.

— Je ne sais toujours pas pourquoi il est venu !

— Quelles questions vous a-t-il posées ?

— Il m'a demandé si Anton m'avait fait des cadeaux et s'il m'avait confié quelque chose.

— Ah !

— En fait, Anton m'a bien remis un portable et il m'a avoué que s'il lui arrivait quelque chose, il fallait le remettre à la police. Comme l'interrogatoire du lieutenant me paraissait confus, j'ai préféré ne rien lui dire.

— Vous avez bien fait. Où est ce portable ?

— Suivez-moi !

Elles se dirigent vers le local technique de la piscine. À l'intérieur de la petite cabane, après avoir allumé une lampe, la bijoutière se saisit d'une pelle.

Le jour commence à poindre. Proche d'un magnifique rosier en fleurs, Catherine Boiteux creuse un trou dans la terre. Pendant ce temps, la capitaine surveille les alentours.

Celle-ci s'accroupit quand elle devine un bout de plastique qui apparaît. Elle se saisit de l'emballage et le nettoie grossièrement.

— Avez-vous un petit sac ?

— Oui. Venez !

Elles reviennent dans le cabanon et la propriétaire lui tend un sac publicitaire rouge.

— Merci. Tout à l'heure, nous irons à la bijouterie.

— Qu'est-ce que je dois faire pour Alexandre ?

— Attendons un jour ou deux et nous lancerons un avis de recherche !

— D'accord.

Avant la fin de la perquisition, discrètement, Christelle Limière cache le sac rouge dans la boîte à gants de sa voiture. Elle a retenu la leçon du vol du téléphone dans son bureau.

La fouille ne met à jour aucune découverte importante. Seul l'ordinateur de la bijoutière est emporté.

§

À La Jonquera, Roger Croussard, accompagné de Jacques Louche, conduit le *comisario principal* et un *inspector* au garage de Petru Moldovan. Dans un break Mégane, le Roumain, non menotté, est véhiculé par deux policiers espagnols.

Précédemment, au domicile du malfrat, seuls un ordinateur et deux téléphones portables ont été saisis.

L'homme a été surpris, mais n'a opposé aucune résistance. Il comprend le français et le parle avec un accent rocailleux.

Le commissaire pense que la fouille du garage lui apportera d'autres réponses.

Devant le bâtiment, malgré l'heure matinale, un molosse vient à leur rencontre en aboyant. L'animal est vite rappelé par son maître, un jeune homme en bleu de travail propre, arrivé de l'arrière du local.

Le lieutenant français, l'*inspector* et un policier espagnol se chargent de la partie atelier, pendant que le reste de la troupe se dirige vers le bureau du garagiste.

Après quelques minutes de recherche dans cette pièce, dissimulée derrière une armoire métallique, une cachette est découverte dans le mur en parpaings et un gros sac en toile noire apparaît. Roger Croussard le vide délicatement sur la table de travail du Roumain : de magnifiques bijoux apparaissent.

Quand même un peu étonné, le commissaire sort son carnet et prend des notes. Il évalue la prise à environ trois kilos, autant dire une véritable fortune. Il se saisit de son portable et prend quelques photos de cette trouvaille.

Impavide, le suspect reste immobile et regarde tristement les joyaux.

En accord avec le *comisario principal*, le policier français décide d'improviser un interrogatoire. Aussi, il pose son petit magnétophone sur le bureau et l'active.

Après les présentations d'usage, le commissaire commence l'entretien :

— Monsieur Moldovan, nous avons reçu des autorités roumaines la liste des délits vous concernant, et ils sont nombreux. Les policiers espagnols en ont une copie. À ce stade de l'enquête sur les bijoux dérobés dans un palace à Cannes, vous êtes considéré comme le principal organisateur de ce casse. Et je pense que ceci est le reste de votre butin.

Le garagiste n'avait pas imaginé que les investigations étaient aussi avancées. Il lit le mail reçu de Roumanie qu'on lui tend. Il secoue la tête en affichant une mine dépitée.

— Êtes-vous prêt à collaborer afin que votre peine soit moins lourde ? Pensez à vos deux enfants que nous avons réveillés tout à l'heure !

Le suspect prend son temps et réfléchit. Au bout de quelques secondes, il concède :

— Ce sont bien les bijoux de Cannes, mais je ne suis pour rien dans ce vol.

— Alors qui ?

— Je ne sais pas.

— Allons, monsieur Moldovan, vous ne me ferez pas croire ça ! Vous voulez payer pour les autres, c'est ça ?

L'homme patiente un peu, puis avoue :

— Les Barcelonais, murmure-t-il.

Roger Croussard se tourne vers le *comisario principal* qui opine de la tête : il a l'air de connaître ce gang.

— Alexandre Boiteux se chargeait de la revente, c'est bien ça ?

— Non. Il devait les transformer et me les redonner.

— Que faisait Mercedes à la bijouterie mercredi dernier ?

— Elle lui apportait des bijoux.

Le Roumain semble disposé à coopérer. Par la vitre de son bureau, il regarde avec fébrilité la fouille de l'atelier. Jacques Louche monte sur une échelle menant à une mezzanine où des pneus neufs sont stockés.

Se souvenant de l'agression de Christelle Limière, le commissaire enchaîne :

— Et vous êtes accusé d'une tentative de meurtre en 4x4 sur une capitaine de la police française.

— Je leur ai bien dit qu'ils allaient trop loin !

— Qui « ils » ?

— Toujours les mêmes.

— Pourquoi vouloir la tuer ?

— On nous avait raconté que cette policière était capable de remonter la filière et de démanteler le réseau.

— Qui « on » ?

— Mon informateur français.

— Qui est-ce ?

— Je ne peux pas vous le dire.

L'interrogatoire est interrompu par des coups répétés à la porte du bureau. Jacques Louche entre et pose sur la table des plaques minéralogiques françaises.

— Et vous êtes aussi accusé de vols de voitures en France !

Petru Moldovan baisse la tête.

— Où sont ces véhicules ?

— En Afrique du Nord, répond-il après avoir regardé sa montre.

Roger Croussard prend des clichés des cinq plaques minéralogiques.

Le *comisario principal*, qui n'avait pas beaucoup parlé jusqu'à présent, signifie, en Espagnol, la garde à vue du Roumain, qui est ensuite menotté.

Plus tard, les deux voitures quittent le garage.

Au commissariat de La Jonquera, Petru Moldovan est placé en détention en attendant son rapatriement à Perpignan, dès que la demande d'extradition aura été instruite par le juge Michelet. Des documents sont signés pour leurs découvertes, que les enquêteurs français emporteront.

Le commissaire apprend que les Barcelonais sont en fait des ressortissants des Balkans et de Roumanie. Roger Croussard informe son collègue espagnol qu'il lui communiquera les coordonnées de son homologue de Cannes, afin de mettre en place une stratégie pour continuer l'enquête sur les voleurs des bijoux de la Côte d'Azur.

Le *comisario principal* félicite chaleureusement les deux policiers français qui rentrent à Perpignan avec le sourire : la prise a été excellente.

§

À Argelès, aux alentours de 7 heures 30, les trois voitures de la police nationale se retrouvent sur le parking derrière la bijouterie, où un coupé BMW stationne.

Catherine et Joséphine Boiteux arrivent en Golf GTI.

— Tiens, la voiture d'Alexandre ! remarque la bijoutière dont le visage prend une couleur plus pâle.

« Ça n'augure rien de bon ! » pense la capitaine en imaginant le pire.

Un rapide tour dans le magasin les rassure.

Le brigadier-chef et les deux gardiens de la paix organisent la fouille dans la boutique.

Les papiers et les clés de la BMW, un carnet de chèques, la carte bancaire d'Alexandre, ainsi qu'une lettre sont posés sur la table de l'atelier et confirment la fuite du bijoutier.

Catherine Boiteux s'isole pour lire la missive. Cinq secondes plus tard, elle se tourne sur le côté et sanglote. Sa fille la rejoint, lit le document et se blottit dans les bras de sa mère.

— Je pourrais la voir ? demande la policière.

— Oui. Tenez !

Le commerçant a parfaitement organisé sa fuite ; tous ses biens sont attribués à sa femme et il lui avoue que « son départ précipité reste la seule solution afin de payer ses erreurs ». Il l'embrasse tendrement, ainsi que Joséphine, et lui renouvelle son amour éternel.

— Qu'est-ce qu'il entend par « payer ses erreurs » ?

— Probablement le fait d'avoir accepté la proposition de Petru Moldovan.

— Et rien d'autre ?

— Non.

Christelle Limière pense à l'assassinat d'Anton Petrescu.

— Pouvez-vous me communiquer les coordonnées de votre expert-comptable et de votre notaire ?

Elle écrit quelques mots sur une feuille qu'elle tend au capitaine.

— Possédait-il de l'argent personnel dans une banque ?

— Oui, répond-elle en y ajoutant le nom de celle-ci.

Un peu plus tard, Philippe Beauregard sort d'un meuble un sac en toile noir qu'il tend à sa supérieure. Celle-ci l'ouvre et met au jour des bijoux.

— Tiens, Tiens ! Belle prise ! D'où proviennent-ils ?

— Je ne sais pas.

Joséphine Boiteux et Claude Renard assistent à cet interrogatoire improvisé.

— Vous ne me ferez pas croire que ce sont les bijoux de votre mère ?

— Quelqu'un a dû les apporter à Alexandre.

Tout à coup le portable de la bijoutière sonne. Elle se dirige vers un coin de la pièce et se tourne pour parler à son correspondant.

La policière perçoit des bribes de conversation : « Je n'ai pas pu t'appeler… », « Viens à l'endroit habituel à… »

Elle aurait parié pour un appel de Bertrand Grange.

Rien d'autre n'est découvert ! Les enquêteurs emportent le sac empli de joyaux, un ordinateur et le livre de compte de la bijouterie.

À la fin de la perquisition, la commerçante, en larmes, ferme sa boutique et part en compagnie de sa fille.

Dans la Laguna, Christelle Limière regarde sa montre : 8 heures 10. Elle compose un numéro sur son portable :

— C'est vous qui assurez la filature de Catherine Boiteux ?

— …

— Nous venons de terminer la perquisition à la bijouterie. Elle vient de partir et rentre probablement chez elle, avant de revenir ouvrir son commerce à 9 heures. Dans la journée, elle s'absentera pour rencontrer Bertrand Grange. Si le rendez-vous se passe à la terrasse d'un café, ou s'ils se promènent ensemble, approchez-vous le plus près possible et essayez de filmer le visage de l'homme quand il parle. Et vous ferez venir un spécialiste qui maîtrise la lecture labiale !

— …

— Faites au mieux !

De retour au commissariat, la capitaine laisse le soin à Philippe Beauregard d'apporter au service technique les ordinateurs portables des époux Boiteux et le livre de compte.

La jeune femme se charge du sac publicitaire rouge et des bijoux, et, accompagnée de Claude Renard, se rend directement au bureau du commissaire.

Là, elle explique le déroulement des perquisitions et la fuite d'Alexandre Boiteux. Elle montre ses deux importantes découvertes.

— Les bijoux iront dans mon coffre, avec les autres. Mon homologue de Cannes viendra les chercher lundi prochain, précise Roger Croussard.

— De mon côté, je vais confier le téléphone d'Anton au service technique, avec beaucoup de discrétion. Alexandre Boiteux s'est donc enfui. Il est toujours le premier suspect dans l'homicide du Roumain. Nous irons tout à l'heure chez son banquier, son notaire et son expert-comptable, en espérant qu'ils seront tous ouverts ce samedi matin.

— Vous n'emmenez pas Beauregard, capitaine ?

— Non, répond-elle en se remémorant sa surveillance dans le jardin de la maison de la bijoutière. Ah ! Il faut que je vous parle de l'appel que Catherine Boiteux a reçu.

Après son récit, l'homme la conforte :

— Vous avez bien fait. C'est une excellente initiative !

— Merci, commissaire.

— Maintenant, je vais vous parler de notre perquisition à La Jonquera, au garage de Petru Moldovan.

Claude Renard observe Christelle Limière évoluer dans son enquête et prendre les bonnes décisions. Elle montre beaucoup d'assurance et de détermination. Il constate qu'elle est très pragmatique, discursive, et possède cette faculté à imaginer le déroulement des évènements, donc à les anticiper.

Roger Croussard l'avait informé de ses connaissances en morphopsychologie et il comprenait mieux l'efficience qui la caractérisait.

Plus tard, en compagnie du commandant de l'IGPN, elle se rend chez l'expert-comptable.

Pourtant en rendez-vous, l'homme se libère rapidement et leur confirme, qu'hier, Alexandre Boiteux a signé les documents qui nomment sa femme gérante de la bijouterie.

Le professionnel lui téléphonera pour qu'elle vienne les parapher.

Le directeur de la banque écourte son rendez-vous et les reçoit dans son bureau. Il leur précise que le bijoutier lui a téléphoné mercredi dernier car il souhaitait apurer ses avoirs. Il n'a donné aucune explication, même si la question lui a été posée.

— La somme était importante ? demande l'enquêtrice.

— Tout est relatif, mais je ne peux pas vous en dire davantage.

— Je peux connaître le montant exact avec un mandat du juge d'instruction. Alors, gagnons du temps ! Combien ?

— Un peu plus de quatre millions d'euros. Jean Boiteux possédait une belle fortune personnelle.

— Quand est-il venu les chercher ?

— Hier, en milieu d'après-midi.

— Bien. Merci.

L'étude notariale est ouverte ce samedi matin et la secrétaire qui les reçoit doit être proche de la retraite, car elle porte des vêtements surannés. Elle écoute attentivement la capitaine et pénètre dans un bureau. Elle en sort presque aussitôt et demande deux minutes de patience aux deux policiers.

Après quinze minutes d'attente, Christelle Limière revient la voir, suivie de Claude Renard.

— Il est encore en réunion.

— Nous sommes pressés, madame. Où est son bureau ?

— Restez là ! Je reviens.

Le battant entrouvert, la discussion entre le notaire et sa secrétaire s'éternise ; l'homme ne sort toujours pas de la pièce. La policière s'avance et pousse la porte. L'assistante se déplace sur le côté, ouvre de grands yeux et met la main devant sa bouche.

Un couple d'un certain âge est assis en face du notaire.

— Que voulez-vous ? aboie un petit homme chauve et hautain au visage fermé.

— Nous voudrions vous voir deux minutes, c'est urgent ! répond-elle sur un ton sec.

Claude Renard l'avait accompagnée dans le bureau pour appuyer sa demande.

— J'arrive ! lance le notaire.

Il pensait peut-être que la jeune femme sortirait et refermerait la porte derrière elle, mais il n'en est rien. Personne ne bouge.

Le notaire est contraint de s'excuser auprès de ses clients et il entraîne le couple de policiers dans le couloir.

— Qu'est-ce que c'est que ces manières ?

— Nous aimerions vous voir quelques instants dans le cadre d'une enquête au sujet d'un homicide, explique-t-elle poliment en montrant sa carte.

— Ça ne peut pas attendre ? Revenez dans une heure !

— Vous souhaitez peut-être que l'on vous emmène au commissariat ?

Le notaire se recule et toise la jeune femme :

— De quel droit...

— Un de vos clients est suspecté de meurtre et nous voulons vous entendre tout de suite !

Christelle Limière avait articulé lentement ses propos de façon à leur donner plus d'importance. Elle se rapproche tout près de l'homme et le fixe dans les yeux, même si elle le dépasse d'une tête :

— Mais nous pouvons aussi vous placer en garde à vue pour obstruction à une enquête criminelle. Vous pensez que cela fera bon effet devant vos clients ? murmure-t-elle à son oreille, la tête baissée.

— Mais je connais le procureur de la République de Perpignan et...

— Tans pis, vous l'aurez voulu !

Elle sort son téléphone, se tourne et fait quelques pas. Elle compose un numéro.

— Allô, commissaire.

— ...

— Pour l'homicide d'Anton Petrescu, nous avons un témoin qui refuse de parler. Que faisons-nous ?

— ...

— Oui. D'accord.

— ...

— Donc vous nous envoyez une camionnette et il passera la nuit au poste, c'est bien ça ?

— ...

— Bien, je vous donne l'adresse.

La capitaine se retourne et fait maintenant face au notaire, qui n'a plus du tout le même visage ; il est beaucoup plus pâle et sa bouche reste grande ouverte. Il baisse les yeux et lève ses deux mains en direction de l'enquêtrice, en signe de reddition.

— C'est bon ! dit-il, comme s'il capitulait.

— Ça va aller, commissaire ! Merci, continue-t-elle en plaçant le portable dans la poche de son jean.

— Suivez-moi ! ordonne sèchement le notable.

Dans une petite pièce occupée par une photocopieuse et une machine à café, l'homme apporte quelques précisions aux questions de Christelle Limière : Alexandre Boiteux a fait don de tous ses biens à sa femme Catherine, sa maison d'Argelès, son chalet de Pyrénées 2000 et son commerce.

— Vous vous rendez compte, une maison de famille qui appartenait à son père ! J'ai bien insisté pour l'en dissuader, mais il n'a rien voulu savoir.

— Que vous a dit l'abandonnateur ? Il vous a donné les raisons de ce legs ?

— Non.

— Ça s'est passé quand ?

— Il a pris rendez-vous mercredi dernier et il est passé hier matin. Il a signé des documents qui doivent être paraphés par la légataire universelle.

— Bien merci. Et vous donnerez mon nom au procureur de la République de Perpignan ! Je suis la capitaine Limière, Christelle Limière, insiste la jeune femme en quittant la pièce.

L'homme, pétrifié, la regarde s'éloigner.

Dans la voiture, le commandant de l'IGPN la félicite :

— Bien joué, le coup du téléphone sans interlocuteur. Vous êtes redoutable, capitaine !

— Ce n'est pas un notaire capricieux qui va gêner l'avancement de mon enquête. Rentrons au commissariat !

§

Ah l'addiction à l'argent ! Tous les moyens sont bons pour s'en procurer.

Par son métier et ses fréquentations, rien de plus facile. En plus d'importants pots-de-vin, l'homme bénéficie, les soirs de grande solitude, de charmantes compagnies féminines. Il possède maintenant une luxueuse voiture qui fait bien des jaloux. Il devine des regards envieux ou méprisants ; même son supérieur lui a fait une remarque. Il a d'ailleurs récemment investi dans un deuxième appartement.

Durant ses jours de repos, il fréquente le golf de Saint-Cyprien en compagnie de quelques couples oisifs et fortunés et il est invité à des sorties en mer.

Bien sûr, il tire avantage de son métier et rend quelques services à ses connaissances.

Jeune, beau et riche, que lui manque-t-il ?

L'amour peut-être ! Rares sont les femmes qui lui résistent, autant dans ses relations personnelles que professionnelles.

Seule une personne a osé le repousser, mais elle ne sait pas de quoi il est capable !

§

En milieu de matinée, installés dans le bureau de Roger Croussard, Christelle Limière et Claude Renard racontent leurs trois entrevues. Jacques Louche les a rejoints.

— Alexandre Boiteux a donc très bien préparé sa fuite : il a tout légué à sa femme et s'est enfui avec ses millions d'euros, résume le commissaire. Nous allons lancer un avis de recherche.

— Je vous l'avais dit : il est très malin et il anticipe les évènements. Il s'est éclipsé la veille de la perquisition.

— Moi aussi, j'ai du nouveau. Vous allez écouter l'enregistrement des conversations du portable d'Anton Petrescu, caché par la bijoutière, que le service technique m'a préparé.

L'homme appuie sur un bouton de son petit magnétophone.

Au début, la bande grésille légèrement et les voix deviennent ensuite beaucoup plus claires.

— C'est Petru, fait remarquer le commissaire.

Tout à coup, la jeune femme se fige :

— Et l'autre, c'est celle de...

— Beauregard, constate tristement Jacques Louche.

— Eh oui ! C'est bien notre collègue Beauregard l'informateur du Roumain.

— Il a dû prévenir Petru Moldovan des mises sur écoute et celui-ci a fait suivre l'information auprès du couple Boiteux, imagine la capitaine.

Elle songe aussi au portable volé dans son bureau, à l'agression en voiture et à la balise de localisation installée sous sa Laguna.

— Moi aussi, les bras m'en sont tombés. C'est une véritable trahison ! Je crois que nous n'avons plus le choix, commandant ? admet Roger Croussard, passablement en colère.

— Oui, nous pouvons lancer la procédure habituelle dans un tel cas.

— Je téléphone au juge d'instruction.

Simple spectateur, le lieutenant Louche secoue la tête.

À ce moment-là, des coups sont frappés à la porte du bureau. Le responsable technique entre :

— Bonjour. J'ai des photos à vous montrer.

L'homme s'assoit et les étale devant le commissaire :

— Celles-ci ont été prises avant la fermeture de la bijouterie, vendredi soir. On aperçoit un employé EDF barbu avec sa valise technique qui sort du magasin. Vous voyez, il tend la main à Alexandre Boiteux, ferme la porte et sur celle-là, il part. Mais nous n'avons pas vu le bijoutier quitter son commerce. Pourtant, nous sommes allés vérifier et sa voiture stationnait toujours sur le parking.

— Vous avez aperçu autre chose ? demande la capitaine.

— Oui. Cinq minutes plus tard, la vendeuse est revenue fermer le magasin.

— Montrez-moi les photos de l'agent EDF !

La policière observe avec attention les clichés.

— Le déguisement est parfait. L'employé EDF barbu, qui sort du magasin, c'est Alexandre Boiteux.

— Oh !

— Il a simulé cette mise en scène pour quitter son commerce sans être reconnu, car il savait qu'il était surveillé. Au bout de la rue, il a téléphoné à sa vendeuse pour qu'elle revienne fermer la boutique car il ne pouvait pas laisser sa bijouterie ouverte toute la nuit.

— Quelle imagination ! commente le commissaire.

— Je vous l'avais dit, il est très malin. Et croyez-moi, il n'a pas jeté son portable dans une poubelle au coin de la rue ! Il l'a détruit loin d'Argelès.

Roger Croussard remercie le technicien qui quitte la pièce.

— Mais il a dû bénéficier d'une complicité puisque sa voiture est encore sur le parking. Tiens, c'est bizarre ! analyse la jeune femme.

Puis le commissaire appelle le juge Michelet sur son portable. Aujourd'hui samedi, il avait laissé son numéro personnel car il souhaitait être tenu au courant des dysfonctionnements au sein de la police de Perpignan.

Installés dans les fauteuils, Christelle Limière, Claude Renard et Jacques Louche sont attentifs au récit du policier.

Au bout du fil, l'homme de loi pose quelques questions précises aux enquêteurs. Puis un silence s'installe.

— Vous êtes toujours là, monsieur le juge ?

— Oui, je réfléchissais. Vous avez mon feu vert pour une perquisition au domicile de Philippe Beauregard. Lundi matin, j'établirai la commission rogatoire. S'il l'exige aujourd'hui, rappelez-moi et je m'expliquerai avec lui !

— Parfait. Merci, monsieur le juge.

— S'il y a du nouveau, contactez-moi !

— Bien sûr.

Roger Croussard raccroche.

La capitaine essaie d'analyser les évènements :

— Donc, l'ancien portable de Petru Moldovan s'est trouvé entre les mains d'Anton Petrescu.

— Petru le lui a peut-être donné pour éviter qu'il s'en achète un, complète le commandant.

— Et le jeune Roumain constate la teneur de deux messages compromettants avec un informateur de la police française.

— Exactement, commissaire. Pour qu'il dise à sa maîtresse de le conserver comme preuve, c'est qu'il représentait un réel danger pour lui, suppose la jeune femme.

Elle continue dans ses réflexions :

— Ou qu'il s'en servait pour un chantage !

— Mais comment a-t-il pu connaître le correspondant de Moldovan ?

— Il le lui a peut-être demandé tout simplement, commissaire ! répond-elle.

— Oui, c'est plausible, admet son supérieur. Nous devons rapidement interroger le lieutenant Beauregard !

Claude Renard montre son expérience :

— Bien sûr. Pour cet interrogatoire, il faudra le mettre en confiance et ne pas déballer tous les griefs que nous possédons contre lui. Donc on ne parle pas du vol du portable dans votre bureau, car il en est sûrement l'auteur ; rien non plus sur l'agression en voiture et sur la divulgation des écoutes téléphoniques.

— Qu'allons-nous lui reprocher alors ? s'étonne-t-elle.

— Il faut lui faire écouter la bande de ses conversations avec Petru et attendre sa réaction. Jouer aussi sur le poste important qu'occupe son père et l'opprobre qui rejaillira sur sa famille ! Ça vous convient ?

— Oui parfait, approuve le commissaire. Nous lui proposerons une perquisition à son domicile en début d'après-midi. Vous vous chargez de prévenir la scientifique, capitaine ?

— Je m'en occupe.

§

Sur les routes départementales, la Seat Leon de Mercedes n'avance pas bien vite. Alexandre Boiteux avait vérifié son kilométrage : cent soixante-quinze mille trois cents.

— Il faut qu'elle tienne jusqu'à Bruxelles ! avait-il annoncé.

Sur une feuille, il avait listé quelques hôtels tout au long de leur parcours.

Vendredi soir, le couple était arrivé à l'hôtel Mercure de Carcassonne vers 21 heures. Pas de réservation par téléphone, pas de trajet par autoroute, paiement en liquide uniquement : il ne fallait pas laisser de trace. Il avait détruit son téléphone portable sur un parking vers Lézignan-Corbières et avait fait de même avec celui de l'Espagnole.

À l'hôtel, quand Mercedes avait contemplé le luxe de la chambre, des larmes avaient coulé sur ses joues et elle s'était blottie dans les bras d'Alexandre. C'était leur premier contact physique.

Au restaurant, ils avaient bavardé. La jeune femme montrait beaucoup d'alacrité et ses remarques tombaient toujours à propos.

Dans la chambre, elle s'était lovée contre le bijoutier. Elle voulait avoir une attitude de femme mariée, pas de « fille légère ». Il avait caressé son corps nu. Elle l'avait embrassé sur la bouche pour lui montrer qu'il n'était pas un « client ».

Après toutes ces années d'abstinence, Alexandre Boiteux retrouvait une deuxième jeunesse.

§

Á Perpignan, aux alentours de 11 heures, quand Philippe Beauregard pénètre dans le bureau du commissaire, il sursaute à la vue du capitaine et du criminologue qui le dévisagent.

Sans la présence de ce dernier, Roger Croussard aurait probablement demandé la venue du commissaire divisionnaire du

Languedoc-Roussillon, son supérieur hiérarchique. Il note toutefois qu'il devra l'appeler à la fin de cette réunion.

Le jeune lieutenant est invité à s'asseoir à la table de travail, à sa place habituelle.

— Lieutenant, vous allez écouter cette conversation ! commence son supérieur.

Celui-ci appuie sur un bouton de son petit magnétophone.

Le suspect, imperturbable, écoute les dialogues. Il ne laisse rien paraître. Il reste immobile sur sa chaise.

— Vous vous êtes reconnu ?

— Je ne connais pas ces personnes, ment l'homme.

Claude Renard intervient :

— Vous savez que nous pouvons faire identifier ces voix par un expert. Là, vous avez deux attitudes possibles : soit vous coopérez, reconnaissez l'évidence, et nous passerons tout cela sous silence.

— Soit ?

— Exposer cela au grand jour n'est peut-être pas la solution que votre père recommanderait.

— Je peux appeler un avocat ? dit-il en se tournant vers Roger Croussard.

— Utiliser votre joker si tôt atteste nos soupçons ! fait remarquer le criminologue.

— Oui, la loi vous y autorise, confirme le commissaire. Nous souhaitons procéder à une perquisition à votre domicile cet après-midi.

— Ah !

Le jeune homme se tait et réfléchit. Jamais ses yeux ne se sont posés sur ceux de sa supérieure.

— La perquisition pourrait vous disculper sur certains points, lance le criminologue.

— Lesquels ?

— Ça, c'est à nous d'en juger !

— D'où la présence de l'inspecteur de l'IGPN, le commandant Claude Renard.

— Je suppose que c'est votre père qui vous a informé. Quand avez-vous deviné ?

— Dès le soir de votre arrivée dans notre équipe.

Philippe Beauregard paraît fier d'avoir déjoué cette tromperie.

— À 14 heures, ça vous convient ? propose le commissaire qui devine le lieutenant plus réceptif qu'au début de l'entretien.

— Mais il faut une commission rogatoire !

— Nous avons l'accord verbal du juge Michelet. Mais nous pouvons l'appeler sur son portable si vous le désirez.

— De toute façon, je n'ai rien à cacher. C'est d'accord pour 14 heures.

— Quand souhaitez-vous joindre votre avocat ?

— Je vais l'appeler et je lui demanderai de passer vers 17 heures.

— En attendant, nous sommes obligés de vous garder ici !

— Oui, bien sûr.

Il ne fait aucune difficulté pour rejoindre une cellule.

Après son départ, Roger Croussard appelle le juge Michelet. Celui-ci convient que la stratégie mise en place lors de l'interrogatoire était la meilleure. Il demande qu'on le rappelle après la perquisition.

Puis, nos trois policiers vont se restaurer. À table, ils commenteront l'attitude perfide du jeune lieutenant.

§

Á Argelès, dans la villa de la famille Boiteux, pendant le repas, Joséphine évoque les évènements de la matinée :

— Alexandre t'avait prévenue de son départ ?

— Non. Il était paniqué et ne voulait pas passer le reste de sa vie en prison. Mais, de là à partir ! Non, je ne l'avais même pas imaginé !

— Il est parti définitivement ?

— Je ne sais pas, ma chérie, murmure sa mère dans un sanglot.

— Oh ! Excuse-moi, maman ! dit la jeune fille en se levant et en l'enlaçant.

— Alexandre nous a tout de même légué une grande partie de sa fortune !

— Oui.

— Il faudra bien nous entendre toutes les deux. Tu as changé et mûri. Nous allons nous en sortir !

— Bien sûr, maman, confirme Joséphine.

Après son amant, la bijoutière venait de perdre son mari. Les deux femmes auront besoin l'une de l'autre et Catherine Boiteux se doute que ses ennuis judiciaires commenceront bientôt.

§

Le samedi 16 juillet 2011, en début d'après-midi, parmi le flot des caravanes et des camping-cars, Roger Croussard, accompagné de Christelle Limière, Claude Renard et Philippe Beauregard, pénètre dans Canet-en-Roussillon.

Le lieutenant Louche avait souhaité rester à son bureau.

Dans une Mégane, un brigadier véhicule un gardien de la paix et la technicienne de la police scientifique.

Le commissaire semble satisfait du déroulement de ce début d'investigation, même si la présence dans son équipe d'un policier corrompu l'afflige.

Le commandant de l'IGPN a apprécié le compliment du juge concernant sa stratégie. Mais il pense que les preuves sont insuffisantes pour l'inculper. La perquisition devra apporter d'autres éléments à charge.

La capitaine avait préféré se taire lors de l'interrogatoire de Philippe Beauregard ; sa fougue et son franc-parler auraient pu l'amener à trop en dire.

Le jeune lieutenant sait que, même sans son accord, la fouille de son domicile aurait eu lieu quand même. Dernièrement, il avait pris quelques précautions pour minimiser son implication.

Le luxueux appartement du dernier étage de cette résidence cossue sur le front de mer étonne Roger Croussard. Toutes les pièces sont fouillées avec attention. Dans le secrétaire de la chambre, Claude Renard découvre ses relevés bancaires.

— Non, ça c'est personnel ! intervient le propriétaire.

— Mais, lieutenant, vous savez très bien que rien n'est personnel pour la police !

Le commandant de l'IGPN emporte ces pièces à conviction.

Consciencieusement, la capitaine, dans la cuisine, sort la poubelle et l'examine ; elle constate qu'elle est presque vide.

Déçus, les enquêteurs ne font aucune découverte importante. Ils emportent tout de même ses papiers personnels, ses relevés téléphoniques, son ordinateur et son téléphone portable.

Puis tout le monde descend dans le somptueux hall de l'immeuble entièrement habillé de marbre.

Christelle Limière, comme pour la perquisition du domicile d'Anton Petrescu, songe à une visite à sa cave. Mais elle repousse cette éventualité.

Toutefois, devant la porte d'entrée, elle s'adresse au groupe :

— Vous pouvez m'attendre un instant, je reviens !

Et elle s'éloigne en direction de l'appartement du concierge.

Trois minutes plus tard, elle réapparaît, entraîne le commissaire à l'écart et lui murmure :

— Si, comme je le pense, il a volé le portable de Catherine Boiteux dans mon bureau, il l'a peut-être conservé.

— Depuis le 4 juillet, il s'en est sûrement débarrassé !

— Pas forcément. À ce moment-là, il se sentait en sécurité. Il n'a appris la véritable mission de Claude Renard que mercredi dernier. Là, se sentant en danger, il a pu jeter l'appareil le soir dans la poubelle de son logement. Mais il ne descend peut-être pas ses déchets tous les jours. N'oubliez pas qu'il vit seul ! Le gardien m'a confirmé que le ramassage des déchets ménagers s'effectue le lundi et le jeudi matin. Il faut fouiller les conteneurs à ordures et localiser ce portable en l'appelant.

— Mais une fois son portable disparu, la bijoutière a dû arrêter son abonnement auprès de son opérateur ?

— Pas forcément. N'oubliez pas qu'elle l'a appris le lendemain de la mort de son amant ! Elle devait encore être sous le choc de cette disparition brutale et elle n'y pensait peut-être plus.

— Après tout, qu'est-ce que l'on risque ?

L'enquêtrice regarde sa montre : 15 heures 10.

— J'appelle Catherine Boiteux. Elle nous communiquera le numéro de son ancien portable si elle n'a pas encore arrêté son abonnement.

Christelle Limière se positionne à l'écart et téléphone à la bijoutière.

Trois longues minutes s'écoulent. Quand elle se retourne, la jeune femme arbore un grand sourire et opine de la tête.

Roger Croussard demande à Claude Renard, à la technicienne et au gardien de la paix de les suivre.

— Brigadier, restez ici avec le lieutenant !

— Bien, commissaire.

Le concierge de l'immeuble les entraîne vers un grand local carrelé où plusieurs conteneurs aux couvercles bleus et jaunes sont entreposés. L'homme fait un geste vers un réceptacle ouvert.

La capitaine compose le numéro du portable de Catherine Boiteux et demande le silence. Personne ne bouge. Les secondes s'égrènent, interminables.

Dans le lointain, un faible tintement parvient à ses oreilles. Tenant son portable à la main, elle indique un angle du conteneur :

— Là. Ouais ! crie-t-elle en serrant son poing.

— J'y vais ! suggère le gardien de la paix.

Tout à coup, plus rien.

— Le message enregistré doit être plus faible, suppose-t-elle en recomposant le numéro.

Une sonnerie tinte de nouveau d'une manière étouffée.

L'homme se penche et fouille le conteneur. Il saisit un sac poubelle noir et le tend à la technicienne qui le dépose à terre.

Celle-ci enfile ses gants, l'ouvre et sort un amas de boîtes de conserve et de détritus ; puis, un petit rectangle noir, dont la musique et la lumière éclairent les visages des personnes présentes, apparaît.

— C'est bien celui de Catherine Boiteux. Je le reconnais, clame l'enquêtrice. Il aurait pu enlever la batterie.

— Ce fut vraiment une excellente idée, capitaine ! complimente le commandant.

— Merci. Nous allons cacher ça au lieutenant. Lors de son interrogatoire avec son avocat, la surprise sera totale, conseille la jeune femme. Ça le déstabilisera un peu plus !

— Donc pas un mot sur ce que vous venez de voir, renchérit le commissaire en s'adressant tour à tour au policier et à la technicienne.

— D'accord.

— C'est aussi valable pour vous qui le connaissez ! dit-il au concierge.

L'homme opine de la tête.

Plus tard, les deux véhicules rentreront à Perpignan. Des sourires retenus se devinent sur certains visages.

Durant le trajet, Philippe Beauregard confirme la venue de son avocat vers 17 heures.

§

Au commissariat, le suspect rejoint une cellule.

Dans le bureau de Roger Croussard, Christelle Limière et Claude Renard analysent les relevés de compte de Philippe Beauregard.

Jacques Louche les rejoint. Il est informé de la découverte du portable de la bijoutière.

Quelques minutes plus tard, le commandant de l'IGPN dévoile ses premières constatations :

— À chaque fin de mois, nous trouvons la même somme virée depuis une banque à Paris : quatre mille euros. Et ce, depuis presque un an.

— À son arrivée à Perpignan, précise Roger Croussard.

— L'argent que son père lui envoie, avoue la jeune femme.

— Comment le savez-vous ? demande son supérieur.

— C'est lui qui me l'a dit !

Claude Renard continue de feuilleter le document.

— Depuis le mois d'avril, des retraits importants en liquide tous les débuts de mois : trois mille euros le lundi 4 avril, même montant le lundi 2 mai, et quatre mille le lundi 6 juin. Je trouve aussi des retraits réguliers de trois cents euros toutes les semaines.

— Son argent de poche probablement, avance la policière. Et vous devez aussi remarquer les montants des loyers de ses deux appartements en location ?

— Oui, tout à fait.

Elle se passe la main dans les cheveux et réfléchit à haute voix :

— S'il a fait l'objet d'un chantage de la part d'Anton, il devait lui remettre ces trois mille et quatre mille euros tous les débuts de mois. Et l'homicide du jeune Roumain s'est produit le 4 juillet. Tiens, bizarre ! Drôle de coïncidence !

— Et quand Anton a été trop gourmand, il a voulu stopper l'hémorragie..., en déduit le commandant.

— ... et il l'a tué, complète Christelle Limière. Tiens, je me souviens ! Le jour de l'homicide d'Anton, il n'était pas à son bureau et je n'ai pas pu le joindre sur son portable. Nous avons été prévenus du drame vers midi et je suis arrivée sur les lieux une demi-heure plus tard. Beauregard s'est présenté après 13 heures ; il a donc eu le temps de commettre son forfait entre 10 et 11 heures, de fouiller l'appartement du Roumain à Saint-Cyprien et revenir à l'anse de Porteil.

— Qu'a-t-il argué au sujet de cette absence ? questionne le commissaire.

— Pour raison personnelle, m'a-t-il dit. Et il devait vous en parler en rentrant au bureau. L'a-t-il fait ?

— Non.

— Donc il a pu se venger du chantage en assommant Anton par-derrière, résume Jacques Louche.

— C'est un excellent mobile ! lance Claude Renard. N'oublions pas qu'il a aussi reçu de l'argent de Petru pour les informations transmises ! Et probablement en liquide.

— Téléphonons au juge !

Le juge Michelet est informé de l'avancement des investigations. S'il n'était pas totalement convaincu, la découverte du portable de Catherine Boiteux le persuade de la traitrise du jeune lieutenant.

— À quelle heure arrive son avocat ?

— 17 heures, monsieur le juge, répond Roger Croussard.

— Je vais passer vous voir. J'aurai le temps de consulter le dossier avant d'assister à son interrogatoire, derrière la glace.

— À tout à l'heure.

§

En milieu d'après-midi, dans la grande salle d'interrogatoire du commissariat de Perpignan, tous les acteurs s'installent autour de la table : le suspect et son avocat se placent face à la caméra, le commissaire est entouré du commandant Renard et du capitaine Limière, de l'autre côté de la table.

Jacques Louche avait préféré se tenir à l'écart de l'entretien qui concernait un de ses collègues ; mais il avait toutefois souhaité être présent en ce samedi, même si c'était son jour de repos.

Le juge Michelet, après avoir pris connaissance des derniers rebondissements de l'enquête, s'était installé derrière la glace sans tain.

Philippe Beauregard, probablement par l'entremise de son père, avait choisi un éminent homme de loi, célèbre dans toute la région et bien connu dans la sphère médiatique.

Après la présentation de la séance par Roger Croussard, l'avocat s'est tout de suite imposé :

— Commissaire, qu'est-ce que vous reprochez exactement à mon client ?

— D'abord, nous nous sommes aperçus d'un certain nombre de dysfonctionnements concernant l'enquête sur la mort d'Anton Petrescu.

— Lesquels ?

Le défenseur, la quarantaine, montrant une barbe naissante, parle lentement d'une voix caverneuse. Durant le préambule citant les noms et la qualification de chacun, il avait marqué un temps d'arrêt à l'énoncé de la fonction de Claude Renard. Celui-ci prend la relève du commissaire :

— Nous en avons recensé trois : vol d'une pièce à conviction dans le bureau du capitaine Limière et informations policières communiquées à Petru Moldovan.

— Et la troisième ?

— Nous en parlerons plus tard. Commençons par le vol du téléphone de Catherine Boiteux !

— La capitaine pourrait nous expliquer cela ? propose l'avocat qui s'imagine manipuler plus facilement une femme.

Nullement impressionnée, la policière narre les circonstances du vol le jour de l'homicide d'Anton, dans le tiroir de son bureau.

— Peut-être avez-vous cru le déposer à cet endroit ?

— Maître, je suis sûre de moi. Ici, les policiers n'ont pas le droit à l'erreur, répond-elle en fixant le lieutenant qui évite son regard.

— De toute façon, nous l'avons retrouvé et le voici, lance fièrement le commandant en sortant de sa poche l'appareil encore emballé dans un bout de plastique transparent.

Le visage du suspect prend une couleur plus pâle et sa bouche s'ouvre.

— Où l'avez-vous trouvé ? demande l'homme de loi.

— Philippe Beauregard va nous le dire, propose perfidement Claude Renard.

— Euh...

— Un peu de courage, lieutenant. C'est maintenant qu'il faut montrer votre bravoure !

— Dans... dans le conteneur à ordures de mon immeuble.

— Pourquoi l'avez-vous volé ? enchaîne le commissaire.

La capitaine aperçoit le défenseur mettre une petite tape sur la cuisse de son voisin pour qu'il se taise. Ce dernier baisse la tête.

Après quelques secondes de réflexion, l'avocat reprend la parole :

— Qui c'est, ce Petru Moldovan ?

— C'est un ressortissant roumain qui vit à La Jonquera. Il est recherché dans son pays pour plusieurs crimes. Récemment, avec la complicité d'un gang de malfrats de Barcelone, il était chargé d'écouler les joyaux dérobés dans un palace de la Côte d'Azur, durant le dernier Festival de Cannes, explique Roger Croussard. Vous en avez entendu parler, maître ?

— Oui, bien sûr. Quelles preuves avez-vous ?

— Les conversations entre votre client et ce Roumain, affirme le commandant.

— Avez-vous fait valider ces voix par un expert reconnu ?

— Pas encore, mais nous le ferons !

— Tant que l'expertise n'a pas eu lieu, vous ne pouvez pas l'affirmer, fait remarquer le défenseur.

— Bien sûr, maître, répond Claude Renard avec un sourire en coin. Mais nous avons tous reconnu sa voix et le résultat de ce rapport ne fait aucun doute.

— J'aimerais parler à mon client. Pouvons-nous bénéficier de cinq minutes de concertation ?

— Oui, bien sûr !

Pendant que le suspect et son avocat s'éloignent dans le couloir, les trois policiers rejoignent le juge Michelet derrière la glace sans tain.

— Commencer par le vol du portable a été une excellente idée : ça les a un peu déstabilisés ! remarque le spectateur.

— Nos preuves sont-elles édifiantes, monsieur le juge ? s'inquiète le commissaire.

— Oui, tout à fait. Ce matin, j'ai reçu un appel téléphonique d'un membre du Conseil supérieur de la magistrature de Paris, qui n'était pas satisfait de la tournure des évènements. Je suppose que le père Beauregard était derrière cette communication. Autant dire qu'il ne faut pas se louper sur ce dossier ! Et le troisième grief, qu'est-ce que c'est ?

— Vous le saurez tout à l'heure, monsieur le juge, intervient le commandant en souriant.

— Allons-y ! ordonne le commissaire.

Dans la salle d'interrogatoire, les équipes s'installent aux mêmes places. Le défenseur prend encore la parole en premier :

— Et ce troisième dysfonctionnement ?

Quelques secondes de silence suffisent à Claude Renard pour capter l'attention de tous :

— Philippe Beauregard est accusé du meurtre d'Anton Petrescu.

— Quoi ? Mais c'est calomnieux !

L'homme de loi touche le bras de son client.

— Quel est le mobile ?

— La vengeance, après qu'Anton l'ait fait chanter en demandant de fortes sommes d'argent contre son silence.

— Pouvez-vous nous expliquer tout ça ?

— Au mois de mars 2011, Anton Petrescu a reçu de Petru Moldovan, son « mentor », un téléphone portable où apparaissaient deux messages entre Petru Moldovan et Philippe Beauregard, dévoilant des informations policières. Anton a fait chanter le lieutenant qui lui remettait, tous les débuts de mois, une importante somme d'argent contre son silence. Mais comme les montants exigés augmentaient sans cesse, il l'a supprimé.

— Mais c'est faux ! rétorque le suspect.

Pour le moment, Christelle Limière préfère se taire. Elle étudiait le comportement du lieutenant, et, de temps en temps, écrivait quelques mots sur son carnet.

— Ça, c'est le mobile. Quelles preuves avez-vous ?

— Déjà, voici le portable, annonce le commandant, en sortant d'une autre poche un deuxième téléphone.

— Vous allez nous en sortir beaucoup comme ça ? ironise l'avocat avec un sourire.

— Une fois que l'expert aura rendu son jugement, votre client trouvera ça moins drôle, maître ! réplique avec sérieux Claude Renard.

Le défenseur ne sourit plus. Il baisse la tête et écrit sur son cahier.

La capitaine constate que le visage du suspect prend une couleur blême. Il semble anéanti. Il regarde ses mains en les tordant.

— Pouvez-vous nous préciser tout ça ?

— Bien sûr, maître. Sur les relevés ici présents, nous constatons des prélèvements en liquide à sa banque de trois mille euros début avril et début mai, et quatre mille début juin. Pour éviter de continuer à verser ces importantes sommes sans cesse en augmentation, votre client a supprimé le Roumain. Il a ensuite essayé de récupérer le fameux portable en fouillant son appartement avant la perquisition. Et peut-être le cherchait-il encore lorsqu'il a interrogé Catherine Boiteux chez elle, pendant que sa supérieure était à l'hôpital !

Le jeune homme baisse la tête.

— Attendez, je ne comprends pas ! Qu'est-ce qui vous fait croire que cet argent était destiné à Anton ?

Le visage de l'avocat montre un rictus au coin des lèvres.

— D'une part, les communications sur ce portable se sont arrêtées fin mars 2011 et le nouveau portable d'Anton, que nous n'avons d'ailleurs pas retrouvé, a été acheté début avril. Cette facture l'atteste.

— Simple coïncidence ! argumente l'avocat.

— D'autre part, avant avril 2011, le lieutenant n'avait jamais procédé à des retraits aussi importants et réguliers.

— Mais mon client a pu retirer ces montants pour une raison personnelle. Ce ne sont que des soupçons, pas des preuves.

Un long silence emplit la salle.

Au fur et à mesure des précisions apportées par le commandant, progressivement, le visage de Philippe Beauregard devenait cireux et il n'affichait plus cette assurance arrogante qui le caractérisait.

Constatant sa mine défaite, Christelle Limière devine une grande fébrilité et pense que c'est le bon moment pour intervenir :

— Le lieutenant Beauregard pourrait nous donner des explications sur ces mouvements d'argent !

Pour la première fois depuis le début de l'interrogatoire, le suspect se tourne vers sa supérieure. Les deux policiers se fixent durant de longues secondes et la jeune femme comprend qu'il est prêt à parler. Acculé, même si son avocat lui tapote la cuisse, il continue de la regarder dans les yeux.

Celle-ci se remémore ses connaissances en morphopsychologie : « les dilatés agissent par flair, jamais par réflexion. Toute idée qu'ils ont dans l'esprit, ils la réalisent ».

Elle lui sourit.

— Vous savez que vous avez raison, capitaine !

— Et pour l'argent qui provenait de Petru Moldovan, comment faisiez-vous ?

— Mercedes me l'apportait tous les quinze jours.

— Combien par mois ?

— Ne répondez pas ! recommande son défenseur.

Il enchaîne tout de même en baissant la tête :

— Deux mille euros.

— Si je comprends bien, lieutenant, vous receviez de l'argent de Petru et vous en redonniez à Anton ?

— Euh... Oui.

— Il ne vous est jamais venu à l'esprit que les deux Roumains pouvaient être de connivence pour monter ce chantage ?

Policiers et avocat se regardent et se tournent vers l'enquêtrice ; la stupeur se lit sur leur visage.

Le suspect se tasse sur sa chaise ; il venait de comprendre que sa supérieure lui dessillait les yeux. Jusqu'alors, personne n'avait imaginé un scénario aussi machiavélique.

— Depuis quand communiquiez-vous des informations policières à Petru Moldovan ?

— Depuis le début de l'année.

Il n'avait même pas réagi à la tape de son avocat.

— Quand Mercedes vous apportait l'argent de son patron, vous avez bien dû l'amener dîner au restaurant « L'effet Mer » de Canet-en-Roussillon et vous lui avez montré votre magnifique appartement !

Le lieutenant cligne des yeux. Il donne l'impression d'admirer sa supérieure.

— Mercedes a remarqué le faste dans lequel vous viviez et elle en a parlé à son « boss ». Le temps que les Roumains imaginent un stratagème pour vous soutirer de l'argent et organisent ce chantage, nous sommes déjà en mars 2011. Et les versements à Anton ont commencé début avril. Ça s'est passé ainsi ?

— Oui.

Depuis quelques minutes, les autres participants à cette réunion écoutent ce dialogue avec attention. Ils ne sont que témoins.

— Donc, voyant les montants augmenter, vous décidez d'en parler à Petru Moldovan. Et l'entretien s'est passé le 4 juillet en fin de matinée. C'est bien ça ?

— Quelle imagination ! lance l'avocat.

Cette fois, c'est le suspect qui touche son bras !

— Oui.

— Petru vous a répondu qu'il fallait vous débrouiller seul !

— Oui.

— Forcément. Quand on étale son niveau de vie élevé, certaines personnes sont jalouses et envieuses. D'autres voient un peu plus loin et veulent en profiter : ça a été le cas des Roumains !

La jeune femme continue :

— Dans cet échange de liquidités avec ces deux hommes, ils s'étaient arrangés pour que les informations policières que vous leur communiquiez leur rapportent mille, voire deux mille euros par mois. Mes calculs sont exacts ?

— Oui.

— Le jour de l'homicide d'Anton, vous arrivez en retard sur la scène de crime. À votre arrivée, je vous relate mes premières observations et vous communique le nom de la victime. Et vous montrez un grand sourire, comme lorsqu'on apprend une agréable nouvelle ! Ce qui est tout de même surprenant sur une scène de crime ! Vous comprenez alors que vous êtes débarrassé de votre maître chanteur. C'est bien ça ?

— Oui, c'est tout à fait ça. Vous êtes redoutable, capitaine. Ce que j'ai lu sur vous dans les journaux charentais n'est rien à côté de ce que je viens d'entendre ! avoue le lieutenant.

De longues secondes d'un silence approbateur s'écoulent.

Roger Croussard intervient :

— Pourquoi avez-vous volé le téléphone de Catherine Boiteux dans le bureau du capitaine ?

— Je pensais y trouver des renseignements sur un cadeau ou un don qu'Anton aurait fait à sa maîtresse.

— Un portable, par exemple ? précise la jeune femme.

— Oui, répond-il en baissant la tête.

— Et pour la balise de localisation sous ma voiture et l'agression à La Jonquera, c'est vous aussi ?

Un silence pesant envahit la pièce durant quelques secondes. Tous sont suspendus aux lèvres du jeune homme. L'avocat ouvre de grands yeux : il ne comprend pas.

— Non, capitaine. J'ai toujours dit du bien de vous. J'ai vanté vos mérites et vos succès passés. Jamais je n'aurais pu vous nuire !

Les paroles du suspect résonnent comme une confession : l'aveu de sa trahison et les sentiments qu'il éprouve.

— Qui alors ? demande-t-elle.

— Probablement les Barcelonais. J'ai trop loué vos qualités d'enquêtrice et ils ont dû prendre peur.

Claude Renard et Roger Croussard se regardent en souriant. Ils ont obtenu ce qu'ils étaient venus chercher : les aveux du policier véreux.

— Nous allons placer le lieutenant Philippe Beauregard en garde à vue en attendant un entretien lundi avec le procureur de la République.

Tous se lèvent. L'avocat quitte la pièce en compagnie de son client et lui parle dans le couloir. Plus tard, le prévenu sera confié à un gardien de la paix.

Puis les trois policiers rencontrent le juge Michelet.

— Bien manœuvré, capitaine, apprécie-t-il.

— Merci.

— Nous y voyons déjà plus clair dans nos dossiers, résume Roger Croussard. Il est 18 heures 20. Souhaitez-vous faire un point avant de partir, capitaine ?

— Oui. Nous avons tout de même appris des éléments essentiels sur le meurtre d'Anton. Commissaire, il faudra revoir Petru pour qu'il confirme ce chantage !

— Oui bien sûr.

— Vous faites du bon travail. Je vais vous laisser, enchaîne le juge.

— Moi aussi, je vais vous quitter. Ma mission est terminée, intervient Claude Renard. Pourrais-je vous voir deux minutes, commissaire, avec monsieur le juge ?

— Oui.

— Bien sûr.

Le commandant de l'IGPN salue Christelle Limière et la félicite pour sa façon de mener ses enquêtes.

Dix minutes plus tard, dans le bureau de Roger Croussard, la capitaine et le lieutenant Louche sont maintenant réunis. Celui-ci est informé des aveux de son collègue.

Après les perquisitions et l'interrogatoire de Philippe Beauregard, la journée a été éprouvante, mais la jeune femme souhaite éclaircir certains points.

C'est d'ailleurs elle qui se lève et s'installe devant le tableau blanc :

— Recentrons-nous sur l'homicide d'Anton Petrescu ! Donc, pour des mobiles différents bien sûr, il nous reste Alexandre Boiteux et Bertrand Grange.

La jeune femme patiente quelques secondes et continue :

— Il y a une facette de l'enquête que nous n'avons pas approfondie. Le meurtrier doit posséder un véhicule tout-terrain de couleur sombre.

— Comment le savez-vous, capitaine ? demande Jacques Louche.

— Un témoin, le père du garçon qui a trouvé le corps, a remarqué ce type de voiture quittant les lieux. C'est sûrement celle du meurtrier, car celui-ci a bien dû utiliser un moyen de transport pour se rendre jusqu'à l'anse de Porteil.

Christelle Limière poursuit :

— Le cas d'Alexandre Boiteux est simple : il roule en coupé BMW. Et pourtant, il a un sérieux mobile, la vengeance d'un mari jaloux.

— Et pas d'alibi au moment du meurtre. Il reste donc l'écrivain, résume son supérieur. Quel véhicule possède-t-il ?

— Qui pourrait nous renseigner ? s'interroge Jacques Louche.

— Catherine Boiteux. Téléphonons-lui ! Elle doit encore être à la bijouterie, propose l'enquêtrice en regardant sa montre.

Une minute plus tard, l'information arrive : Bertrand Grange possède une Clio de couleur blanche.

— Ça ne colle pas ! estime le lieutenant.

— Nous faisons fausse route, capitaine ! juge le commissaire.

— Oui, et nous n'avons pas d'autre piste, admet Christelle Limière. Nous allons en rester là. Lundi, je reprendrai le dossier depuis le début.

La réunion se termine ainsi. Sur ce demi-échec, les trois policiers quittent le commissariat.

Chapitre XIV

Le dimanche 17 juillet 2011, Christelle Limière a dormi jusqu'à 11 heures. L'après-midi a été consacré à quelques heures de délassement sur la plage en compagnie d'Émilie Ingrat. Entre Saint-Cyprien et Canet-en-Roussillon, beaucoup de touristes ont déjà envahi cette côte sauvage, et le parking le long de la route est bondé. Se retrouver n'a pas été simple, mais les portables sont ici d'une grande utilité.

Les deux jeunes femmes ont nagé ensemble dans une mer calme. Elles se sont éloignées du rivage.

C'est d'ailleurs la capitaine qui, probablement à court de forme, s'est arrêtée la première.

— Tu te débrouilles bien ! apprécie la journaliste.

À leur retour sur le sable brûlant, celle-ci l'a encore complimentée sur son style fluide.

« Encore une activité qui nous rapproche ! » pense la policière.

Elles s'allongent sur leur serviette. La chroniqueuse propose ses services :

— Veux-tu que je te passe de la crème dans le dos ?

— Oui, c'est gentil !

Délicatement, avec beaucoup d'application, elle étale le produit sur les épaules de son amie.

— Que ta peau est douce !

— Continue, ça me fait du bien.

Pour marquer son plaisir, l'enquêtrice lance des « ah ah ah ! » pour simuler une jouissance.

À proximité, plusieurs estivants se retournent et sourient.

— Arrête, tu vas nous faire remarquer ! rétorque Émilie Ingrat en riant.

Après ces massages bienfaisants, Christelle Limière s'endort.

Beaucoup plus tard, elle ouvre un œil :

— Quelle heure est-il ?

— 17 heures.

— Oh ! Ça fait plus d'une heure que je dors !

Elle ne racontera pas à son amie le rêve érotique qu'elle vient de faire. Quand elle regarde la journaliste, les souvenirs lui reviennent en mémoire et un rictus déforme sa bouche :

— Que cache ce sourire ?

— Rien.

— Je te sens fatiguée !

— Toute la semaine, les perquisitions, interrogatoires et réunions se sont succédé à un rythme fou.

— Nous devons communiquer sans retenue. Voici ce que je te propose : quand j'écrirai un article sur une de tes enquêtes, tu le corrigeras pour vérifier si je dévoile des éléments pouvant te gêner. Qu'en penses-tu ?

— D'accord. Je deviendrai ton professeur. Je signalerai tes fautes et tu auras une fessée s'il y a une erreur.

— Pourquoi pas ? répond la chroniqueuse en souriant.

En fin d'après-midi, elles décident de manger une glace.

Stationnant sur le boulevard Aristide Maillol à Saint-Cyprien Plage, la capitaine interroge son amie :

— Tu as changé de voiture ?

— Non. Mon véhicule de fonction est en révision et le garagiste m'a prêté une voiture de courtoisie pour le week-end.

Plus tard, elles repartiront chacune de leur côté.

§

Le lendemain, vers 7 heures 30, Christelle Limière téléphone à Jacques Louche. Elle lui demande de la rejoindre dès que possible devant le garage Renault de Cabestany.

Quand le lieutenant gare sa voiture à côté de la Laguna, la capitaine converse au téléphone avec Catherine Boiteux, et un rendez-vous au commissariat est fixé pour 10 heures.

La jeune femme lui fait signe de venir s'asseoir près d'elle.

— Bonjour, capitaine.

— Bonjour. J'ai repensé aux voitures de nos deux suspects. Je me suis imaginé qu'ils auraient pu bénéficier d'un véhicule de courtoisie.

— Oui, excellente idée !

— La bijoutière vient de me confirmer que la BMW d'Alexandre n'a pas fait l'objet d'une révision ou d'une réparation début juillet. Il reste l'écrivain. Allons-y !

Les deux policiers montrent leur carte à un vendeur qui appelle le responsable de la concession ; celui-ci les installe dans son bureau et part chercher la facture établie au nom de Bertrand Grange, datant du lundi 4 juillet.

Ils apprennent qu'une Dacia Duster de couleur noir nacré a été prêtée à ce client le week-end des 2 et 3 juillet. La voiture a été rendue en soirée le lendemain.

Ils emportent une copie de la facture.

Ils ont le sourire. L'étau se resserre.

Plus tard, dans le bureau de Roger Croussard, ils expliquent leur investigation.

— Parfait. Qu'avez-vous prévu maintenant, capitaine ?

— J'ai convoqué Catherine Boiteux à 10 heures pour en savoir davantage sur sa relation avec l'écrivain.

— Tenez-moi au courant !

— Bien sûr, commissaire.

— Autre chose. Ce matin, j'ai reçu un appel du *comisario principal* de La Jonquera. Mercedes n'est pas réapparue depuis vendredi après-midi.

— Tiens, bizarre ! s'exclame la jeune femme. Elle n'a rien dit à ses « collègues » ?

— La femme avec qui elle cohabite a signalé sa disparition. Dans l'appartement, il manque quelques vêtements et sa trousse de toilette. Sa voiture aussi a disparu.

— Ça sent la fuite ! conclut le lieutenant.

— Comme pour Alexandre Boiteux, ajoute le commissaire.

Tout de suite, une étincelle jaillit dans l'esprit de la jeune femme.

— Quand a eu lieu sa rencontre avec le bijoutier ?

— Le mercredi matin 13 juillet, répond Jacques Louche après avoir consulté son cahier.

— Vous vous souvenez, sur les photos : Alexandre Boiteux quitte son commerce vendredi soir déguisé en employé EDF. Et comme sa voiture stationne encore sur le parking de la bijouterie, ils ont dû partir avec celle de Mercedes.

— Ça pour une surprise ! Mais quel âge a-t-il ?

— Cinquante-cinq ans et Mercedes vingt-cinq, précise Jacques Louche.

— Tous les deux devaient fuir. Donc pourquoi pas ensemble ? en déduit l'enquêtrice.

— Avec les millions d'euros qu'il a retirés de sa banque, je comprends qu'elle le suive ! juge Roger Croussard.

Tout à coup, on frappe à la porte et un homme glabre entre :

— Bonjour. Je suis Joan, le technicien qui surveille Catherine Boiteux. Capitaine, vous vous souvenez, vous m'avez appelé samedi matin ?

— Oui, bien sûr. Alors, racontez-nous !

L'homme, muni d'un ordinateur portable, s'assoit :

— À 12 heures 40, la bijoutière a rencontré un homme, grand et distingué, monsieur...

— Bertrand Grange.

— Oui, c'est ça. Ils se sont installés à la terrasse du café-restaurant « La Réserve », dans le centre d'Argelès. J'ai pris une place à quelques mètres d'eux, face à l'homme, comme vous me l'aviez conseillé.

— Oui. Et...

— Et j'ai enregistré leur conversation avec une petite caméra. Ce matin, j'ai rencontré une relation du service technique qui sait lire sur les lèvres. Voici ce qu'il a identifié comme paroles ! enchaîne l'homme en distribuant une feuille à chacun. Vous allez observer l'enregistrement sur ce portable.

Joan appuie sur un bouton. Les images défilent d'abord rapidement, puis se stabilisent. Les propos de l'écrivain s'inscrivent en bas de l'écran :

— « Que se passe-t-il ? »

— « Il t'avait prévenue qu'il partirait ? »

— Je suppose qu'il parle d'Alexandre, complète la jeune femme.

— « Chez toi ? »

— « À la bijouterie aussi ? »

— Là, il s'agit des perquisitions.

— « Je n'ai pas besoin de te rappeler le deal que nous avons passé ensemble ! »

— « Quand ? »

— « Tu as été très sollicitée depuis son départ, mais pense un peu à moi ! »

— « Quand nous revoyons-nous ? »

— « Lundi prochain, tu ne travailles pas. Tu pourrais venir chez moi ! »

— « À 14 heures, c'est d'accord. »

— « À lundi ».

Sur l'écran, les policiers voient Bertrand Grange prendre la main de la bijoutière et déposer un baiser dans sa paume. Il lui murmure : « je t'aime ». Puis, Catherine Boiteux se lève pendant qu'il appelle le serveur pour payer l'addition.

— Voilà la totalité de l'enregistrement, capitaine !

— Très bien. Vous pouvez me l'envoyer sur mon ordinateur portable ?

— Oui, je vous l'envoie tout de suite.

— Merci, Joan. Ça va beaucoup nous aider.

Le technicien quitte le bureau.

— Conclusion : ils ont passé un deal et ils doivent se voir aujourd'hui en début d'après-midi, résume Jacques Louche.

— Vous pensez que cela peut avoir un lien avec l'homicide du Roumain ? se soucie le commissaire.

— Je ne sais pas. De toute façon, la bijoutière doit venir tout à l'heure et nous lui poserons la question.

Et le groupe se sépare.

§

Catherine Boiteux, méconnaissable, se présente à l'accueil. Elle ne s'est pas maquillée et montre une mine fatiguée. Après le départ d'Alexandre, elle n'a pas dû beaucoup dormir.

Christelle Limière et Jacques Louche l'installent dans la salle d'interrogatoire. Pour des raisons compréhensibles, le commissaire n'avait pas souhaité assister à l'entretien.

Dans les yeux de la bijoutière, la policière devine une grande nervosité et beaucoup de questionnements.

Ils placent l'interviewée face à la caméra.

— Un café ?

— Oui, je veux bien.

— Lieutenant, vous vous en chargez ?

— Oui. J'en prends trois ?

— Bien sûr.

L'enquêtrice souhaite mettre la suspecte dans les meilleures conditions.

— Ne stressez pas, madame Boiteux ! C'est une simple discussion.

— Oui.

— Avez-vous des nouvelles de votre mari ?

— Non.

— Comment va le moral ?

— Je ne m'attendais pas du tout à son départ, et la situation est difficile. Nous nous soutenons avec Joséphine. Depuis qu'elle a rencontré son père, je la sens plus mûre et plus responsable ; ça nous a rapprochées. Et je tiens à vous remercier pour le conseil que vous lui avez donné.

— Je sentais qu'elle en avait besoin.

Les trois tasses arrivent.

La capitaine fait un signe vers la caméra et procède aux présentations d'usage.

— Vous devez voir l'expert-comptable et le notaire, je crois ?

— Oui. Aujourd'hui à 17 heures et 18 heures.

— Eh oui ! Pas à 14 heures ! À cette heure-là, vous avez rendez-vous avec Bertrand Grange ! annonce Christelle Limière d'un air malicieux.

Catherine Boiteux écarquille les yeux de surprise :

— D'où tenez-vous ça ?

— Vendredi dernier, entre 12 heures 30 et 13 heures, vous l'avez rencontré à « La Réserve ». Lisez ce document !

La bijoutière comprend vite que le texte sous ses yeux correspond aux paroles de son ami. Pendant ce temps, les policiers sirotent leur café.

— Donc, ma question est simple : « quel deal avez-vous passé tous les deux ? »

— Euh…

— Madame Boiteux, je ne veux pas vous faire peur, mais je vais vous expliquer la situation. À ce stade de l'enquête, vous êtes considérée comme l'instigatrice de l'assassinat d'Anton Petrescu, et la peine encourue est de vingt-cinq à trente ans d'emprisonnement. Nous vous écoutons !

— Mais pourquoi j'aurais fait ça ?

— Parce que vous vouliez vous séparer de votre amant qui devenait de plus en plus exigeant dans ses caprices sexuels, c'est bien ça ?

— Oui, répond-elle en baissant la tête. Je ne supportais plus ses avanies.

— Donc vous reconnaissez avoir commandité l'assassinat d'Anton ?

— Non, non !

L'interviewée se tord les mains et se tait.

— Qui alors ? Quel deal avez-vous passé avec votre ami Bertrand ?

— Quand je lui ai exposé la situation, il m'a proposé de s'en occuper.

— C'est-à-dire ?

— Bertrand l'a rencontré à son appartement.

— Et…

— Et ça s'est très mal passé. Anton l'a insulté et l'a giflé.

— Donc c'est lui qui a tué Anton Petrescu à l'anse de Porteil ?

— Non.

— En échange de ce « service », que deviez-vous lui offrir ?

Catherine Boiteux met la tête dans ses mains et pleure. Quelques secondes plus tard, quand elle se redresse, la capitaine remarque son teint blême.

Celle-ci attend, immobile, et elle constate que les mots ont du mal à sortir de la bouche de la bijoutière.

— Nous devions nous voir régulièrement chez lui et commencer une relation, révèle-t-elle en reniflant.

— Qui est à l'origine de ce deal ? demande le lieutenant Louche, qui souhaite connaître la responsabilité de chacun.

— Bertrand. Il vous le confirmera lui-même.

— Vous vous rendez compte dans quelle situation vous êtes, madame Boiteux ? reconnaît la policière.

— Oui. Je crois qu'il faut que je prenne un avocat.

— Je vous le conseille, en effet. Pour l'instant, je suis tenue de vous placer en garde à vue jusqu'à la vérification de vos propos. Puis nous téléphonerons au juge d'instruction.

Un gardien de la paix accompagne la suspecte dans une cellule. Elle n'avait pas touché à son café.

Dans le bureau de Roger Croussard, Christelle Limière explique les aveux de la bijoutière et les charges qui pèsent contre elle.

— Merci de me prévenir, capitaine. Je vais rencontrer le juge d'instruction. Et pour la suite de l'enquête ?

— Bertrand Grange attend Catherine Boiteux à 14 heures. Il va avoir une petite surprise. Nous ferons une perquisition à son domicile et nous le ramènerons afin de l'interroger.

— Parfait. Je téléphone au juge pour l'ordre de perqui.

— Et moi, je contacte la scientifique.

§

En début d'après-midi, dans un immeuble récent de Cabestany, Bertrand Grange, un grand sourire aux lèvres, ouvre la porte d'entrée de son appartement. Il s'est vêtu élégamment et ses cheveux sont bien coiffés. Il a dû se brosser les dents.

Son visage se transforme vite à la vue de la policière, qui lui montre le mandat de perquisition.

Jacques Louche, un brigadier et un technicien de la police scientifique pénètrent dans l'appartement. La capitaine répartit les rôles de chacun. Elle entre dans la chambre. Des bougies ont été posées sur les chevets.

Une heure plus tard, le petit groupe se retrouve dans la cuisine et commente leur travail à voix basse :

— Nous n'avons rien trouvé, constate le lieutenant.

— Emportez tout de même son ordinateur, son téléphone portable et les factures de son garagiste !

— Ses relevés bancaires et téléphoniques ?

— Oui, bien sûr. Attendez, je pense à quelque chose !

Christelle Limière se retourne et interpelle le romancier :

— Je pourrais voir votre trousseau de clés ?

— Oui. Voici !

— Celle-là, je suppose que c'est la clé de la porte d'entrée de votre appartement ; la petite clé, celle de votre boîte aux lettres ; et celle-ci ?

— Je ne sais pas. On me l'a donnée avec les autres.

— Ne bougez pas, je reviens ! lance-t-elle au groupe en quittant les lieux avec le trousseau.

Trois minutes plus tard, elle réapparaît :

— C'est votre clé de cave, monsieur Grange, numéro 17. Et je suis persuadée que vous le saviez ! Nous descendons tous. Brigadier, allez chercher la torche qui est dans la voiture et rejoignez-nous !

Christelle Limière s'imagine que la cave doit receler un élément compromettant.

La pièce n'est pas très grande et la jeune femme reste dans le couloir d'accès en compagnie de l'écrivain. Ce dernier semble nerveux et ses yeux bougent sans cesse en direction des personnes gantées qui s'activent à l'intérieur.

Dans un coin de la cave, Jacques Louche sort le contenu d'un carton. Tout à coup, il appelle sa supérieure :

— Qu'est-ce que c'est ? questionne l'homme.

Sa supérieure s'avance.

— Monsieur Grange, vous pouvez nous renseigner ?

— C'est mon vieil enregistreur portable.

— Il est dans un piteux état. Pourquoi est-il si cabossé dans cet angle ?

— Je l'ai fait tomber et j'en ai acheté un autre.

La capitaine ne pense pas que sa chute puisse causer un tel dégât sur l'appareil. Elle l'approche de la lampe et montre au technicien de la scientifique une trace noire.

— On l'emporte, ordonne-t-il en le prenant avec ses gants.

Il saisit une poche en plastique et y place l'enregistreur.

La perquisition ne dévoile aucune autre découverte.

— Nous vous emmenons au commissariat, monsieur Grange !

— Pourquoi ?

— Pour vous interroger, bien sûr !

Le suspect se souvient de sa première visite dans ces locaux et il déglutit.

§

En arrivant au commissariat, en aparté, la jeune femme demande au technicien de la scientifique de travailler tout de suite sur cette tache noire et de lui répondre le plus rapidement possible.

Bertrand Grange est conduit dans une salle d'interrogatoire, un gardien de la paix à ses côtés. Un brigadier entre et relève ses empreintes digitales et un peu de salive avec un bâtonnet. Il fait aussi une photo de son visage.

Il y patiente une demi-heure en se tordant les doigts.

Christelle Limière ne se presse pas, car elle sait que le temps travaille pour elle. Après avoir narré à son supérieur le déroulement de la perquisition et les pièces recueillies, elle veut en savoir davantage sur l'avenir de la bijoutière :

— Que vous a dit le juge d'instruction, commissaire ?

— Je l'ai informé des liens qui m'unissent à Catherine et Joséphine. Il va en référer au procureur, mais il m'a demandé d'abord de vérifier son degré de responsabilité dans ce fameux deal. Informez-moi dès la fin de votre interrogatoire !

— Bien sûr, commissaire.

Le romancier pousse un grand soupir de soulagement quand il voit entrer la capitaine Limière et le lieutenant Louche.

Elle l'installe face à la caméra et présente l'interrogatoire. Elle a apporté son ordinateur portable.

— Je vais vous montrer un enregistrement, commence-t-elle en appuyant sur un bouton de son appareil.

Le suspect regarde et écoute. La jeune femme l'observe : il semble contrôler ses émotions, même si ses mains laissent apparaître quelques mouvements nerveux.

Il réfléchit vite et essaie de garder une certaine contenance tout au long de l'enregistrement.

— Vous vous êtes reconnu ?

— Oui bien sûr, mais ce ne sont pas mes paroles. Qu'est-ce que c'est que ce texte ?

— Vous ne le reconnaissez pas ?

— Non. C'est quoi ? s'étonne-t-il en continuant à se tordre les mains.

— Pourtant, Catherine Boiteux, que nous avons d'ailleurs placée en garde à vue ce matin, a reconnu tout de suite vos paroles ! Vous feriez mieux de vous décontracter un peu car vous êtes ici pour longtemps.

La policière veut être plus directe que lors du premier interrogatoire de Bertrand Grange à cette même place.

— Je suis accusé de quoi exactement ?

— De l'assassinat d'Anton Petrescu.

— Je veux prendre un avocat !

— Bien sûr. Nous allons vous rendre votre téléphone.

Le premier interrogatoire s'achève ainsi.

Une heure plus tard, une femme d'un certain âge s'est jointe au groupe. L'avocate s'est isolée une quinzaine de minutes avec son client.

Assise face à la caméra, elle prend tout de suite les devants :

— Mon client a regardé la vidéo, mais il n'a pas reconnu ses paroles. Je ne comprends pas de quoi on l'accuse. Qu'avez-vous d'autre comme preuve ?

— Cette vidéo montre une conversation entre votre client et Catherine Boiteux.

— La personne qui a traduit ces paroles est-elle une experte reconnue et assermentée ?

La capitaine se souvient des mots du technicien : « une connaissance du service technique ».

— Je ne sais pas. Je vais me renseigner.

Elle se lève pour quitter la pièce.

En se retournant, elle voit la femme mettre un coup de coude à l'écrivain.

Christelle Limière n'a pas insisté car elle sait que l'avocate a raison. Elle reconnaît aussi qu'elle a demandé au technicien de travailler rapidement et toutes les assurances n'ont pas été prises.

Elle fonce au service de la police technique et scientifique et rencontre l'homme qui a participé à la perquisition :

— Alors ? demande-t-elle.

— Je n'ai pas encore terminé, capitaine.

— Mais cette tache, c'est quoi ?

— C'est du sang séché.

— Et vous l'avez rapproché du sang d'Anton Petrescu ?

— Non, pas encore. J'allais m'en occuper.

— Faites-le rapidement, s'il vous plaît ! Le suspect est dans la salle d'interrogatoire avec son avocate. Dans combien de temps aurez-vous la réponse ?

— Je ne sais pas. Une demi-heure peut-être.

— Venez me l'apporter dès que vous aurez terminé ! Je vais faire traîner l'entretien. Nous sommes dans la grande pièce.

— D'accord.

À son retour dans la salle d'interrogatoire, la capitaine s'installe et commente son absence :

— Veuillez m'excuser pour ce retard, mais nous n'arrivions pas à joindre cette personne. Nous lui avons laissé un message.

— Donc l'affaire est réglée. Vous êtes libre, monsieur Grange, lance l'avocate en se levant.

— Maître, c'est moi qui décide et j'ai d'autres questions à poser à votre client. Asseyez-vous ! ordonne-t-elle d'un ton sec.

Devant cette jeune enquêtrice, la défenseure confirmée montre son expérience et cherche à s'imposer. Jacques Louche n'avait pas bougé et sourit.

— Monsieur Grange, depuis quand connaissez-vous Catherine Boiteux ?

— Ne répondez pas ! C'est une question indiscrète qui n'a rien à voir avec l'enquête.

— Au contraire, maître, c'est très important ! C'est un refus qui gêne la progression des investigations. Donc, je note : « Premier refus du suspect de répondre aux questions ».

Christelle Limière prend son temps pour transcrire ces informations sur son carnet. Elle est dans une relation conflictuelle avec cette avocate expérimentée, mais son ton comminatoire ne l'impressionne pas. Elle veut laisser le temps au technicien de terminer son travail.

— Vous reconnaissez au moins être son ami ?

Le romancier regarde sa défenseure, qui opine de la tête.

— Oui.

— Vous voyez, maître, nous avançons. Vous étiez bien avec Catherine Boiteux à la terrasse du café « La Réserve » vendredi dernier vers 12 heures 45.

— Oui.

— Bien, nous y voilà ! C'est toujours agréable d'entendre un suspect qui collabore, jubile la capitaine sur le ton de la plaisanterie, en souriant à la défenseure dont les lèvres restent figées.

La policière patiente quelques secondes en observant le visage de l'écrivain. Ses récepteurs peu ouverts et sa fine bouche confirment son appartenance à la catégorie des rétractés.

— Avez-vous été l'amant de Catherine Boiteux ?

— Ne répondez pas ! intervient l'avocate.

Bertrand Grange se tait.

— Donc je note : « Deuxième refus de répondre aux questions ». Au troisième, c'est la garde à vue automatique.

Calmement, elle inscrit quelques mots sur son carnet.

— Mais c'est quoi, cette règle ?

— C'est la mienne, maître, que ça vous plaise ou non ! répond-elle sèchement.

« Mais que fait-il ? Il devrait déjà être là ! »

— Selon Catherine Boiteux, qui est ici en garde à vue, je le rappelle pour madame, vous avez passé un deal avec elle. Est-ce vrai ?

— Oui, réplique-t-il promptement.

L'avertissement de l'enquêtrice l'a sûrement poussé à répondre rapidement. La femme de loi se tait.

— Que deviez-vous faire de votre côté ?

— Euh... Je ne m'en souviens plus.

— Ça, c'est bizarre ! Parce que Cathy, comme vous l'appelez, s'en souvient très bien, elle !

— Vous savez, capitaine, ces preuves testimoniales, j'y apporte peu d'intérêt. Elles peuvent être contredites devant une cour.

Même si Christelle Limière se doutait de la réponse de l'avocate, elle voulait davantage mêler la bijoutière à l'interrogatoire. Elle connaît les sentiments qu'éprouve le romancier pour son amie et elle sait qu'ils seront le point faible du suspect.

Soudain, des coups sont frappés à la porte.

« Enfin ! » pense la jeune femme.

Roger Croussard apparaît. Elle referme la porte derrière elle.

— Alors, ça avance ?

— Difficilement. L'avocate est coriace.

La policière parle de son entretien avec le technicien.

— Passez le voir, commissaire ! Et demandez-lui de se dépêcher !

Puis elle revient s'asseoir à côté du lieutenant Louche.

— Autre chose. Le vendredi 1er juillet, vous avez laissé votre Clio au garage Renault de Cabestany pour un soi-disant bruit qui vous gênait. Voici d'ailleurs la prise en charge et la facture du garagiste ! C'est bien ça ?

— Oui.

— Le mécanicien n'a rien trouvé d'anormal. En fait, vous souhaitiez uniquement bénéficier d'une voiture de courtoisie. Monsieur Grange, est-ce que je me trompe ?

L'écrivain baisse la tête. Il comprend que les investigations de la police ont beaucoup progressé. Il se sent acculé. Il ne répond pas.

— Où voulez-vous en venir, capitaine ?

L'enquêtrice préfère ne pas répondre à la défenseure.

Elle connaît la vie affective des rétractés : ils ont peu d'amis qu'ils protègent coûte que coûte. Elle décide d'insister encore sur sa fréquentation amoureuse et régulière avec la bijoutière.

— Autre chose, monsieur Grange ! Nous savons que vous entreteniez une relation sentimentale très forte avec Catherine Boiteux. Vous lui téléphoniez souvent et vos conversations duraient plus d'une demi-heure. Vous confirmez ?

— Oui.

— En écoutant les messages sur son portable, nous en avons conclu qu'elle vous parlait librement de sa liaison amoureuse difficile, et même violente, avec Anton. C'est bien ça ?

— Oui.

— Souhaitait-elle rompre avec son amant ?

— Oui.

— Et vous avez proposé de l'aider !

Là, Bertrand Grange sent le piège et se tait.

Le silence s'éternise. Christelle Limière s'inquiète.

« Mais que font-ils ? »

— Votre mutisme est éloquent. Parlons maintenant de l'enregistrement ! Vous savez que nous allons le faire analyser par un expert reconnu. Vous le savez, ça ?

— ...

— Il va retranscrire les mêmes mots que vous avez lus tout à l'heure sur l'écran. Vous le savez, ça ?

— ...

— En fait, vous essayez uniquement de gagner du temps !

— ...

— Et vous allez laisser votre soi-disant amie que vous attendiez à 14 heures à votre domicile pour une séance amoureuse, se débattre toute seule, passer le reste de sa vie en prison et endosser l'entière responsabilité de ce meurtre. J'avais cru comprendre que vous l'aimiez !

Le suspect ne regarde plus son avocate. Il ouvre la bouche pour parler.

— Ne dites rien ! lance celle-ci.

« Encore raté ! » pense la policière qui patiente quelques secondes.

— Eh bien, je vais vous expliquer le deal que vous avez passé ensemble. Et personne ne m'empêchera de m'exprimer !

À ce moment-là, la porte s'ouvre brusquement et le commissaire apparaît :

— Je peux vous voir, capitaine ?

— Encore ! émet la défenseure.

L'enquêtrice sort de nouveau. À côté de Roger Croussard, se tient le technicien de la scientifique. La porte est refermée.

— C'est le sang d'Anton ! avoue son supérieur. Voulez-vous de l'aide, capitaine ?

— Non. Ça ira. Merci bien, dit-elle à l'adresse du technicien.

Quand elle revient dans la salle, son visage s'illumine d'un large sourire. Le romancier s'en aperçoit et reste immobile. Il s'attend au pire, la bouche ouverte. Il est suspendu à ses propos.

— C'est le sang d'Anton !

— Comment ? s'exclame l'avocate.

L'homme a compris. Cette fois, c'est lui qui touche son avant-bras. Il se penche et met sa tête dans ses mains.

De longues secondes s'écoulent et tous le regardent. Dans cette pièce silencieuse où personne ne bouge, le temps s'arrête. La tension est palpable.

Pour Christelle Limière, cet instant, situé entre des preuves flagrantes et des aveux attendus, est jubilatoire. Moment grisant d'un interviewé déjà plus suspect et pas encore prévenu, comme celui d'un vainqueur pas encore sacré, mais certain de sa victoire.

Un sourire s'esquisse sur ses lèvres. Elle sait qu'il va parler. Elle a gagné.

— Je voulais qu'ils cessent de se voir. J'ai essayé de discuter avec lui, mais il n'a rien voulu entendre, m'a injurié et molesté vertement. Cet homme était maléfique. Il ne me restait plus que cette solution.

— Et vous l'avez frappé avec votre dictaphone ?

— Oui. Je le pistais depuis quelques jours et suivre une moto en voiture est assez périlleux.

— Pourquoi avez-vous changé de véhicule ?

— Pour brouiller les pistes.

— Catherine vous a dit où il allait, ce matin-là ? demande Jacques Louche.

— Non. J'ai juste suivi la moto rouge.

— Qui a eu l'idée du deal ?

L'écrivain se redresse fièrement. Sa défenseure se rend compte qu'elle n'a plus d'autorité sur son client ; elle le laisse se confesser.

— Je ne suis pas un couard, capitaine. C'est moi qui ai proposé ce deal à Cathy !

La policière pense à leur première rencontre.

— Pour quelle raison m'avez-vous abordée devant le commissariat le jour du meurtre ?

— En fait, je voulais, avec votre assentiment, suivre une enquête de l'intérieur pour mes futurs romans.

— Donc comprendre le déroulement de l'enquête d'un meurtre dans laquelle vous étiez l'assassin !

— Oui.

— C'est tout de même un peu osé ! Vous ne trouvez pas ?

— ...

— À cette même place, lors de votre premier interrogatoire, vous avez donc joué la comédie en simulant des pleurs ?

— Oui. Entre un comédien et un écrivain, les professions sont assez proches : l'un joue des personnages, l'autre en crée. Et je me doutais que vous me regardiez derrière la glace.

Bertrand Grange ne consulte plus son avocate. Il est calme et ses mains immobiles sont posées sur ses genoux.

— Après le coup fatal, vous lui avez donc fait les poches ?

— Oui. J'ai pris ses clés et son portable.

— Et vous avez fouillé son appartement ?

— Oui, c'était trop tentant ! Je connaissais déjà les lieux.

— Mais que cherchiez-vous ?

— Rien de spécial. Mais, j'ai fait une découverte surprenante !

L'écrivain se confie. L'enquêtrice veut en profiter.

— Ah oui ! Laquelle ?

— Beaucoup de billets de banque.

La jeune femme sait qu'il les a emportés puisque la perquisition ne les avait pas dévoilés. La vengeance n'a pas de limite.

— Et son portable ?

— Je l'ai ramené à l'appartement. Comme rien ne m'intéressait, je l'ai détruit.

L'enquêtrice pense qu'il aurait dû faire de même pour son enregistreur. Le crime parfait n'existe pas.

— Vous allez être écroué et vous rencontrerez le juge d'instruction probablement demain matin.

Tous se lèvent.

L'avocate serre la main de Christelle Limière, comme pour effacer leur rivalité passagère. La capitaine prend cela pour un compliment.

Le prévenu rejoint une cellule.

Les policiers se dirigent vers le bureau du commissaire.

Lorsque celui-ci entend le récit de l'aveu de l'écrivain, il pousse un long soupir de soulagement. Puis il décroche son téléphone pendant que les deux enquêteurs retournent dans leur bureau respectif.

§

Plus tard, la capitaine voit entrer le technicien de la scientifique.

En souriant, l'homme l'informe solennellement que le sang séché sur l'enregistreur appartient à Anton Petrescu.

Surprise, l'enquêtrice le fixe deux secondes. Elle constate qu'un sourire s'affiche au coin de ses lèvres. Elle comprend : son supérieur devait être très impatient d'obtenir les aveux de Bertrand Grange pour mettre ainsi hors de cause la mère de sa fille.

« Petit mensonge sans conséquence ! » pense-t-elle.

Seule à sa table de travail, Christelle Limière a une pensée pour Alexandre Boiteux. L'homme est innocenté.

Les dilatés possèdent beaucoup de flair et il a su s'échapper d'une situation délicate et bien mal engagée. Et ce qu'il a fait n'est pas très grave : il a juste exercé son métier illégalement !

Les policiers lanceront des recherches pour le retrouver, mais l'homme est intelligent et prévoyant ; il saura se cacher, en vivant à l'étranger, en changeant d'identité ou en modifiant l'aspect de son visage. Elle est persuadée qu'il leur échappera.

Pour la bijoutière, la situation s'est aggravée. Après la disparition de son amant et la fuite de son mari, son meilleur ami va passer de longues années derrière les barreaux. Elle se rapprochera de Joséphine, qui a trouvé sa voie.

La capitaine est euphorique et veut partager sa joie.

Elle envoie un SMS à Émilie Ingrat :

« Tu es invitée ce soir à 20 heures pour interviewer, chez elle, une capitaine de police qui vient de résoudre une importante affaire. » Et elle donne son adresse personnelle.

La réponse arrive quelques secondes plus tard : « Je viendrai avec beaucoup de plaisir ».

Tout à coup, son téléphone fixe sonne :

— Christelle Limière à l'appareil !

— Juge Michelet. Permettez-moi d'abord de vous féliciter, capitaine ! Vous avez résolu plusieurs affaires difficiles. Votre efficience ravit le commissaire.

— Merci, monsieur le juge.

— Et vous avez même payé de votre personne !

Devant ces propos dithyrambiques, l'enquêtrice ne sait que dire.

— Merci. Comment ça se passe pour Catherine Boiteux ?

— Elle est inculpée, bien sûr. Mais elle est laissée en liberté sous contrôle judiciaire. Joséphine va venir la chercher tout à l'heure.

La jeune femme est soulagée.

— Parfait. C'est une bonne décision.

— Mais je vous téléphone aussi pour autre chose.

— Ah !

— Avant son départ, le commandant Claude Renard m'a confié qu'il allait vous solliciter pour intégrer son service à Paris. Il certifie que vous avez toutes les qualités et les compétences pour appartenir aux cadres de l'IGPN.

— C'est gentil de sa part, monsieur le juge, mais le moment est mal choisi.

Elle a une pensée pour Émilie et son grand quotidien national.

— Réfléchissez, capitaine ! Vous n'êtes pas obligée de me donner une réponse aujourd'hui.

— Oui, vous avez raison. Laissez-moi quelques jours, monsieur le juge !

— Quel que soit votre choix, je sais qu'il sera le bon. Encore toutes mes félicitations pour vos succès dans ces enquêtes périlleuses !

— Merci, monsieur le juge.

— À bientôt, capitaine.

— À bientôt, monsieur le juge.

Après avoir raccroché, Christelle Limière envoie un nouveau SMS à Émilie Ingrat :

« Et dis à ton administrateur général parisien qu'il aille se faire f… ! »

Une minute plus tard, elle reçoit la réponse :

« C'est déjà fait ! »

§ § §